Als Papst lebt man gefährlich

Über die Autorin

Brigitte Teufl-Heimhilcher, geb. 1955, ist verheiratet und arbeitet als Immobilien-Fachfrau in Wien. Darüber hinaus schreibt sie Romane, in denen sie sich auf unterhaltsame Weise mit gesellschaftspolitischen Fragen auseinandersetzt.

Brigitte Teufl-Heimhilcher

Als Papst lebt man gefährlich

Roman

www.teufl-heimhilcher.at

Die Originalausgabe erschien 2015
bei Brigitte Teufl-Heimhilcher
www.teufl-heimhilcher.at

1. Auflage 2015
© 2015 Brigitte Teufl-Heimhilcher
Buchsatz & Covergestaltung: mach-mir-ein-ebook.de
Herstellung & Verlag: BoD – Books on Demand, Norderstedt
ISBN-13: 978-3-7386-3431-0

Liebe Leser,

Ich freue mich, dass Sie sich für dieses Buch entschieden haben.

Auch diesmal handelt es sich um einen Gesellschaftsroman, der durchaus als eigenständiger Roman zu lesen ist, dessen Personen jedoch in dem Roman „Die andere Schwester des Papstes" schon einiges erlebt haben.

Wenn auch sämtliche Personen frei erfunden sind, so sind die Hintergründe doch oft sehr nah an der Realität. „Was wahr ist", verrate ich Ihnen am Ende des Romans.

Nun aber wünsche ich Ihnen vergnügliche Lesestunden.

Vatikanische Machenschaften, die Erste

„Der Heilige Vater verträgt neuerdings keine Zwiebeln", sagte Massimo träge. Nach dem Mittagessen war er immer träge.

„Sagt wer?"

„Sagt sein Koch."

„Willst du ihn jetzt mit Zwiebeln ins Jenseits befördern?"

Massimos Gesicht verriet Ungeduld, ehe er antwortete: „Denk doch einmal nach! Wenn er Zwiebel isst, fühlt er sich schlecht – wenn er sich schlecht fühlt, hat er weniger Energie und redet er weniger gottloses Zeug. Außerdem sind Zwiebeln in der Küche omnipräsent, man kann sie meist gar nicht erkennen."

Sein Gegenüber nickte zustimmend. „Du meinst, es könnte unserer Sache dienlich sein, wenn er sich wieder öfter schlecht fühlt, so wie am Beginn seines Pontifikates. Damals hast du übrigens noch zu seinen Anhängern gezählt."

„Damals hielt ich ihn auch noch für einen von uns – zudem für nicht besonders schlau und keinen dieser unseligen Weltverbesserer. Leider habe ich mich geirrt – was selten vorkommt - und dieser junge Idiot, den er zu seinem Sekretär gemacht hat, macht die Sache auch nicht besser."

Massimos Gesicht drückte Abneigung aus. Er machte eine bedeutungsvolle Pause, dann fuhr er weiter fort: „Wie dem auch sei. Wenn es ihm bald wieder schlechter geht, muss er sich öfter von dir vertreten lassen. Dann kannst du seine unsäglichen Aussagen endlich ins rechte Licht rücken. Mit einem inaktiven Papst könnten wir unter Umständen leben, andernfalls ...", er ließ den Satz in der Luft hängen.

Sein Gegenüber nickte abermals. „An allem ist nur dieses verdammte Weib schuld. Seit sie da ist, will er plötzlich ein Konzil einberufen, zweifelt an der Notwendigkeit des Zölibates und will den Weibern auch noch Weiheämter zugänglich machen. Ich sage dir, Jesus wusste schon, warum er sich nur mit Männern umgeben hat. Frauen haben andere Aufgaben – dabei soll es auch bleiben."

„*Ob er damals, als er vom Weltjugendtag in Wien zwei Wochen später zurückgekommen ist, und wir alle gezwungen waren, für ihn zu lügen, schon bei ihr war?*"

„*Er sagt, er war bei seiner Schwester.*"

„*Natürlich - und ich bin der Osterhase.*"

Seine Heiligkeit hat schlechte Laune

„Roberto, der Chef verlangt nach Ihnen!"

Monsignore Rinaldo warf einen letzten schwärmerischen Blick in das vor ihm liegende Motor-Journal, legte ein Lesezeichen ein, als handelte es sich um eine wertvolle Schrift, und verstaute die Zeitung in den Tiefen seines Schreibtisches. Dann wandte er sich Erika zu. „Wie ist seine Laune?"

„Nicht besonders. Vermutlich hat er wieder Verdauungsprobleme. Jedenfalls kein guter Tag, um über Veränderungen des Fuhrparks zu sprechen", setzte sie grinsend hinzu.

„Das hatte ich auch nicht vor", erwiderte Robert Rinaldo mit einem Zwinkern.

Auf dem Weg ins Appartamento des Heiligen Vaters dachte er darüber nach, wie erstaunlich sich der Ton im Päpstlichen Sekretariat doch verändert hat, seit vor einigen Monaten Frau Professor Wagner aufgetaucht war. Sie war auf ihn zugegangen und hatte gesagt: „Hallo, ich bin Erika." Erika, einfach so, dabei wusste doch jeder, dass sie in Wien einen Lehrstuhl für Exegese gehabt hatte, ehe Seine Heiligkeit sie in den Vatikan berufen hat, um einem Arbeitskreis vorzustehen, dem keine geringere Aufgabe zugeschrieben wurde als die, ein drittes vatikanisches Konzil vorzubereiten. Freilich war das so nicht gesagt worden, aber es wusste trotzdem jeder, wie dies innerhalb der Leonischen Mauern öfter der Fall war.

Roberto hatte schon für den Heiligen Vater gearbeitet, als der noch Präfekt des Päpstlichen Haushalts war, und kannte ihn gut genug, um auf den ersten Blick zu sehen, dass es heute besser wäre, nur die allernotwendigsten Dinge vorzubringen. Sicher hatte er sich gestern Mittag im Gästehaus wieder ein Gericht aufschwatzen lassen, das er nicht vertragen hatte. Das war wieder einmal typisch für ihn. Der Heilige Vater war nicht gerade als Süßholzraspler bekannt, ganz im Gegenteil konnte er ziemlich herrisch sein, anderseits fiel es ihm mitunter schwer, jemandem etwas abzuschlagen.

„Was steht heute auf dem Programm?", fragte Seine Heiligkeit.

„Um zehn Uhr käme Don Pedro, der Priester aus Grado, dessen Ersparnisse wegen Verdachts auf Geldwäsche gesperrt worden sind."

„Viele Konten sind gesperrt worden und bleiben es bis zum Ende der Prüfung. Was will er von mir? Es wurden doch alle Kontoinhaber davon informiert."

„Ich weiß. Aber in diesem Fall handelt es sich um nicht ganz siebentausend Euro, die Don Pedro nun für seinen krebskranken Neffen benötigt."

Seine Heiligkeit zog die Stirn in Falten. „Er soll einen Arztbrief vorlegen, irgendetwas, das seine Behauptung unterstützt. Wenn die Unterlagen glaubwürdig sind, kann der Betrag ausbezahlt werden."

„Ich werde Don Pedro in diesem Sinne informieren."

Der Heilige Vater nickte. „Apropos Bank, weiß man schon, wann diese Finanzberater endlich einen Bericht vorzulegen gedenken?"

„Leider nein, die Herren ..."

„Sagen Sie den Herren, sie mögen einen Zahn zulegen, schließlich kosten sie eine Stange Geld. Sonst noch etwas?"

Kein Zweifel, dachte Roberto lächelnd, auch die Wortwahl seiner Heiligkeit hat sich in der letzten Zeit etwas verändert.

„Nichts, das sich nicht verschieben ließe."

„Gut, ich möchte an meiner nächsten Predigt arbeiten."

Das Schreiben von Predigten und Ansprachen des Papstes wurde früher vom Präfekten des Päpstlichen Hauses erledigt. Deshalb fragte Roberto nun: „Soll ich Erzbischof Fuscotti ..."

„Nein", knurrte Seine Heiligkeit.

Roberto verbeugte sich und suchte das Weite. Heute war mit dem Chef aber wirklich nicht gut Kirschen essen.

***

Nachdem Monsignore Rinaldo gegangen war, trank Leo von seinem Kamillentee, dann trat er ans Fenster. Der Himmel war grau und der Wind blies bunte Blätter über den Petersplatz, auf dem verhältnismäßig wenig Menschen unterwegs waren. Herbst eben. Vor zwei Jahren war er um diese Zeit in Wien gewesen, inkognito, bei seiner scharfzüngigen Schwester Katharina, die ihn – Gott sei's gedankt – mit dieser seltsam anmutenden Methode von einigen Nahrungsmittelallergien befreit hatte. Danach war es ihm lange Zeit gut gegangen, doch in den letzten Wochen gab es wieder eine Menge Dinge, die er schlecht vertrug, vor allem Zwiebel. Dieser Kalbsbraten gestern hatte doch gar nicht nach Zwiebel ausgesehen, aber heute ging es ihm miserabel. Jedenfalls war damals prachtvolles Herbstwetter gewesen. Er erinnerte sich gut an diese Tage. Nachträglich schien es ihm, als hätte dieser Aufenthalt sein Leben mehr verändert, als die Wahl zum Papst es getan hatte. Welch eine Ironie des Schicksals! Ausgerechnet Katharina hatte seinem Leben eine Wende gegeben, die er nie für möglich gehalten hatte. Es waren nicht so sehr die Streitgespräche, die er mit ihr geführt hatte, als die Begegnungen, die er ihr verdankte.

Da war einmal Florian, ihr feinsinniger und liebenswürdiger Stiefsohn, einer, mit dem man wunderbare Gespräche führen konnte – ausgerechnet er musste homosexuell sein. Seither hatte dieses Thema für Leo eine neue Dimension.

Dann Clemens, sein alter Freund aus Jugendtagen, ein Landpfarrer, der kein gutes Haar an der Kirchenführung gelassen hatte und in Österreich eine Reformgruppe anführte, die dem dortigen Kardinal ganz schön zu schaffen machte.

Und dann – Erika.

Er hätte nicht gedacht, dass er sie in diesem Leben noch einmal sehen würde - und schon gar nicht hätte er jemals vermutet, wie froh ihn das machte, wie viel Kraft er aus ihrer Anwesenheit schöpfte.

Leider hatte Erikas Anwesenheit nicht nur Sonnenseiten. Einige seiner früheren Mitstreiter verübelten ihm ihre Anwesenheit täglich mehr. Dabei taten sie doch nichts Unrechtes, ganz im Gegenteil. Erika leistete wirklich gute Arbeit, und ihm war ohnehin selten genug eine Stunde Freizeit gegönnt. Wenn ihr Terminkalender es zuließ, begleitete sie ihn am frühen Nachmittag in die Vatikanischen Gärten, ab und zu aß sie mit ihm und einigen Vertrauten zu Mittag, öfter war sie beim Abendessen dabei, das er gewöhnlich mit seinen Sekretären einnahm.

Erika war übrigens der Meinung, dass die offene Feindschaft, wie Kardinal Calvi sie neuerdings an den Tag legte, vermutlich noch das geringere Übel sei. Da wusste man wenigstens, woran man war. Außerdem war er ziemlich sicher, dass Calvis Abkehr nicht nur auf Erika zurückzuführen war. Mehr noch schien er ihm zu verübeln, dass er endlich den Entschluss gefasst hatte, in der Vatikan-Bank aufzuräumen. Das hatte übrigens nicht nur Calvi auf den Plan gerufen, auch andere Kardinäle der Kurie hatten sich offen gegen die Sperrung der Konten und eine Neubesetzung des Vorstandes der Bank ausgesprochen.

Dabei hatten es schon die Tauben von den römischen Dächern gepfiffen, dass in der Vatikan-Bank Schwarzgeld gewaschen wurde. Neun Milliarden Euro – und keiner wusste, wem sie gehörten? Also wirklich. Wenn er sich in diesem Fall etwas vorzuwerfen hatte, dann, dass er nicht schon an seinem ersten Amtstag gegen die Bank vorgegangen war.

Energisches Klopfen unterbrach seine Gedanken und nach einem missmutigen „Herein" betrat Erzbischof Fuscotti, der Präfekt des Päpstlichen Haushalts, den Raum.

Bei den wenigen Frauen, die im Vatikan ihren Dienst taten, war er der erklärte Liebling und Erika meinte, er sähe einem Fernsehstar zum Verwechseln ähnlich. Das läge an seinem Lächeln. Leo selbst kannte weder den Mann aus dem Fernsehen, noch war ihm an Fuscotti je etwas Besonderes aufgefallen, schon gar nicht an seinem Lächeln. Sicher, Fuscotti war groß und schlank, seine Züge waren ebenmäßig und sein blondes Haar war noch dicht. Kunststück, er war einer der jüngsten Purpurträger des Vatikans.

„Ich habe gehört, Eurer Heiligkeit geht es nicht besonders gut. Soll ich den Kardinal-Staatssekretär bitten, Sie bei der heutigen Audienz zu vertreten?"

Leo winkte ab, das könnte dem Kardinal-Staatssekretär so passen – und Fuscotti auch, die beiden schienen ziemlich dicke Freunde zu sein, obwohl der Kardinal-Staatssekretär im Alter von Fuscottis Vater war.

„Sagen Sie mir lieber, welcher Teufel Sie geritten hat, als Sie diesen Prunkbischof aus Deutschland auch noch öffentlich verteidigt haben?"

Fuscotti lächelte. „Nicht wirklich verteidigt, ich habe lediglich versucht, die Sache etwas weniger emotional zu betrachten, um Zeit zu gewinnen, bis die endgültigen Unterlagen vorliegen. Schließlich wird der Herr Kollege von den Medien zurzeit nicht gerade verwöhnt."

„Hätte er sich eben selbst nicht so verwöhnen sollen", knurrte Seine Heiligkeit. „Wie weit steht die Sache mit der Überprüfung?"

„Wir warten noch auf die diesbezüglichen Unterlagen."

„Wie bitte?"

„Nun, bis dato sind uns nur Teile der Kostenvoranschläge und so gut wie keine Endabrechnung vorgelegt worden."

„Und wie lange gedenken Sie zu warten?"

„Ehrlicherweise habe ich mir darüber noch keinerlei Gedanken gemacht. Derzeit ist so viel Wichtigeres zu tun."

„Wichtigeres als unsere Glaubwürdigkeit wieder herzustellen?", knurrte Leo.

Fuscotti lächelte. „Ich glaube allerdings nicht, wenn ich das in aller Bescheidenheit bemerken darf, dass die Frage der Glaubwürdigkeit unserer Mutter Kirche an einem zusätzlichen Badezimmer hängt."

„Und ich glaube, Sie versuchen die Sache kleinzureden - aus welchem Grund auch immer. Sie halten doch sonst so viel von Symbolik und Optik, und diese Optik ist für die Kirche eine ganz verheerende. Setzen Sie dem Mann eine Frist von vier Wochen. Wenn bis dahin nicht alle Unterlagen auf Ihrem Schreibtisch liegen, kann er seinen Bischofshut gleich an den Nagel hängen."

Fuscotti antwortete mit sichtlich gekränkter Miene: „Wie Seine Heiligkeit wünschen."

Leo nickt ihm zu, ein Zeichen dafür, dass das Gespräch beendet war. Fuscotti erhob sich, verneigte sich und ging.

Es war zum aus der Haut fahren. Als Leo selbst noch Präfekt des Päpstlichen Haushaltes war, hatte er Reden und Predigten für seinen Vorgänger geschrieben, jetzt, als Papst, musste er sich mit Kostenvoranschlägen und Bankkonten herumärgern. Genau die Dinge, die ihn noch nie interessiert hatten.

Ein Blick in den Terminkalender zeigte, dass er in wenigen Minuten in Erikas Reformkommission erwartet wurde. Sie hatte ihn darum gebeten. Anfangs war es noch ein Arbeitskreis gewesen, da waren sie gut vorangekommen. Seit die Dinge konkreter wurden und aus dem Arbeitskreis die Reformkommission erwachsen war, traten sie auf der Stelle. Dabei hatten sie doch so viel vor! Die Sexuallehre musste endlich dem wirklichen Leben angepasst werden, die Stellung der Frau in der Kirche war zu überdenken, und der Priestermangel in Europa machte es einfach notwendig, über die Sinnhaftigkeit des Zölibates nachzudenken. Er wollte versuchen, die Dinge ein wenig voranzutreiben, allerdings würden die Herrschaften etwas auf ihn warten müssen, denn erst wollte er noch in die Kapelle.

Der vertraute Geruch aus Weihrauch und Kerzen hatte wie immer etwas Beruhigendes für ihn. Er kniete auf seinen Betschemel nieder und verharrte einige Minuten im stillen Gebet. Dann machte er sich auf den Weg.

***

Als Erika sich für das Abendessen im päpstlichen Appartamento fertig machte und dabei die Geschehnisse des Tages rekapitulierte, konnte sie sich ein Lächeln nicht verkneifen.

Wie aufgeregt die Herren Purpurträger doch heute waren, bloß weil Leo sie gebeten hatte, sich im Reform-Ausschuss kein Blatt vor den Mund zu nehmen. Als wäre das allein schon eine Revolution.

Heiliger Himmel! Wie hatte der Kardinal-Staatssekretär neulich gesagt, als sie versucht hatte, ihm ihren Standpunkt zum Thema Frauen klarzumachen: „Gemach, gemach, die Zeit wird kommen. Zeichen und Wunder werden geschehen."

So ein Schmarren. Dass der jedes Reförmchen als Wunder ansehen würde, war ja klar! Außerdem hielt sie ihn für einen von Leos gefährlichsten Widersachern, wenn er auch stets lächelte und mit sanfter

Stimme sprach. Aber was er sagte, war Zündstoff pur. Schon allein diese nahezu fanatische Betonung des Kirchenrechts. Hatte der Mann darüber vergessen, was im Evangelium stand? Hatte Jesus nicht gesagt, wer ohne Sünde sei, der werfe den ersten Stein?

Apropos Sünde. Sie musste sich endlich entscheiden, mit welcher Notlüge sie Leo ihre geplante Wien-Reise verklickern sollte. Fest stand nur, dass er von den wahren Gründen vorerst nichts erfahren durfte. Weder von diesem unsäglichen Gerücht noch von ihrer Sorge um sein Leben. Er würde sich nur unnötig aufregen. Oder würde er sie auslachen? Etwas Heiterkeit könnte ihm nicht schaden, aber die Dinge waren nun wirklich nicht zum Lachen. Andererseits war natürlich nicht auszuschließen, dass sie selbst bereits Geister sah – wäre ja kein Wunder, in einer Umgebung, in der keiner dem anderen über den Weg traute. Sie war ja nun schon ein paar Jahre auf der Welt, aber so etwas hatte sie noch nie gesehen. Natürlich hatte es auch auf der Uni Macht- und Intrigenspiele gegeben, aber verglichen mit dem, was sie hier erlebte, war das der reinste Kinderkram gewesen. Wenn sie nicht bald mit jemandem darüber reden konnte, würde sie noch verrückt werden.

Erst hatte sie erwogen, mit Monsignore Rinaldo zu reden, ihm traute sie keine wie immer geartete Bosheit zu. Aber er schien ihr noch zu unerfahren, zu wenig standfest, um ihn zu ihrem Vertrauten zu machen. Anders stand der Fall bei Kardinal Rossi, ein Mann, der mit rüstigen Schritten auf die Achtzig zuging und das graue Haar einen Tick länger trug, als man es in seinem Alter und in seiner Stellung erwarten würde. Er war einer der wenigen, der Veränderungen nicht per se für Teufelswerk hielten. Ihm mangelte es weder an Erfahrung noch an Standhaftigkeit. Aber konnte sie ihm wirklich trauen? Manchmal dachte sie ja, dann wieder war sie unsicher, schließlich hatte er noch nie ein Hehl daraus gemacht, Leo beim Konklave nicht gewählt zu haben.

Also hatte sie beschlossen, nach Wien zu fahren, um erst einmal ihre Gedanken zu sortieren und mit Leos Schwester Katharina zu reden. Katharina mit ihrem klaren Verstand und ihrem gesunden Misstrauen gegen alles, was mit dem Vatikan zu tun hatte, schien ihr die perfekte

Gesprächspartnerin. Außerdem kannte sie sich als Medizinerin mit Giften aus, das konnte nicht schaden.

Auch während des Essens – im Hinblick auf Leos Magenprobleme gab es gekochtes Huhn mit Kartoffelbrei und Gemüse – hörte sie dem vor sich hinplätschernden Tischgespräch kaum zu. Dafür wusste sie, als die Herren sich endlich verabschiedeten, welche Version sie Leo gleich auftischen würde. Wie gut, dass er sich nie um ihre Verwandtschaftsverhältnisse gekümmert hatte. So konnte sie ihm die Hochzeit ihrer Freundin Sissy als Hochzeit ihrer Nichte verkaufen, zu der sie nach Wien reisen müsse. Sissy, eine ehemalige Studentin, hatte ihr tatsächlich eine Einladung geschickt, nur dass Erika deswegen nicht nach Wien gereist wäre, denn sie reiste höchst ungern. Nun aber würde sie diese Hochzeit zum Vorwand ihrer Wien-Reise nehmen. Für den unwahrscheinlichen Fall, dass Leo danach fragte, könnte sie bei ihrer Rückkehr sogar ein paar Fotos vorzeigen.

Außerdem, so erzählte sie ihm, wolle sie ein paar alte Freunde treffen, und in einer Woche wieder zurück sein.

Insgeheim hatte sie mit mehr Widerstand gerechnet, aber Leo seufzte nur: „Du hast's gut! Ich würde auch gerne wieder einmal verreisen, aber ohne den ganzen Tross."

Tja, Papst zu sein war nicht immer ganz einfach.

Von Speichelleckern und anderen Gesellen

Als Erika die Tür ihrer Wohnung aufschloss, war es fast Mitternacht. Obwohl sie vor Monaten das letzte Mal hier war, roch es angenehm frisch und war wohlig warm. Auf dem altmodischen Telefontischchen im Vorzimmer lag ein Zettel.

Liebe Erika,
willkommen daheim. Im Kühlschrank findest Du Milch, Eier, Brot und Butter. Wenn Du sonst noch etwas brauchst, einfach anläuten. Schlaf gut
– Deine Nachbarn L u. E

Nette Nachbarn waren wirklich nicht mit Gold aufzuwiegen! Was würde sie dafür geben, im Vatikan jemand zu haben, mit dem sie einfach ein wenig plaudern konnte. Schon deshalb hätte sie es nie übers Herz gebracht, ihre Wohnung zu vermieten, selbst wenn sie wüsste, wie lange ihr Aufenthalt in Rom dauern würde. Für andere mochte es nur eine Drei-Zimmer-Wohnung mit alten Möbeln sein. Für sie war es ein kuscheliges Nest und jedes Möbel war Teil ihrer Lebensgeschichte. Der große Esstisch mit den acht Stühlen stammte aus ihrem Elternhaus und hatte so manche Familienfete erlebt. Auch Leo hatte das ein oder andere Mal daran Platz genommen, damals, als sie noch studiert hatten. Die Biedermeierkommode war von ihrer Großmutter, und die Anrichte hatte sie im Dorotheum erstanden. Nur Küche und Bad waren modern eingerichtet.

Sie schaltete das Radio ein, goss ordentlich Kognak in einen der schönen Kristallschwenker und ließ sich in ihren Lieblingsfauteuil sinken. Was für ein Tag! Sie hasste diese Fliegerei, aber Bahnfahren war noch mühsamer und an Autofahren wollte sie überhaupt nicht denken. Außerdem war ihr Auto das einzige, was sie vor ihrer Abreise nach Rom verkauft hatte, es war sowieso die meiste Zeit nur in der Gegend herumgestanden und in Rom brauchte sie es erst recht nicht, bei der Fahrweise der Römer würde sie ohnehin nicht weit kommen. Morgen wollte sie erst einmal ausschlafen, dann einen riesengroßen Blumenstrauß besorgen und ihn gemeinsam mit den mitgebrachten Leckereien zu ihren Nachbarn bringen. Wie sie die beiden kannte, würde dieses Unternehmen bis in den Nachmittag hinein dauern. Sicher werden sie viel zu erzählen haben. Sie freute sich auf diese kleine Auszeit, ganz ohne römische Komplikationen, bevor sie abends bei Katharina und Axel zu Gast war.

*

Es ist schon seltsam, dachte Erika, als sie sich nach dem Essen in der gemütlichen Sitzgarnitur niederließ, Katharina und sie waren in ihrer Jugend nie besonders eng befreundet gewesen; vermutlich schon wegen Leo, denn Katharina und er waren nie gut miteinander ausgekommen. Doch seit ihrem Wiedersehen vor zwei Jahren war alles ganz anders. Jetzt schien es Erika, als wären sie nie etwas anderes gewesen als die allerbesten Freundinnen.

Während des Essens hatten sie über das Wetter, Axels Bandscheibenvorfall, der den im Sommer geplanten Rom-Besuch verhindert hatte, und über gemeinsame Bekannte gesprochen. Während Axel ihnen nun einen Digestif kredenzte, sagte Katharina: „Na dann, erzähl mal. Du hast am Telefon so geheimnisvoll geklungen."

Erika seufzte: „Und jetzt weiß ich gar nicht, wo ich anfangen soll. Um es auf den Punkt zu bringen: Ich mache mir Sorgen um Leo."

„Ist er krank?"

„Nicht direkt, obwohl er in letzter Zeit immer wieder an Übelkeit und Durchfällen leidet."

„Das Übliche also. Hält er sich denn an seine Diät?"

„Ich glaube schon, aber ich bin ja nicht immer dabei."

„Es kann natürlich auch sein, dass neue Allergien und Unverträglichkeiten dazugekommen sind. Das ist leider sehr oft der Fall."

„Hoffentlich", meinte Erika.

„Hoffentlich?", echoten Katharina und Axel im Chor.

„Wenn es nur das wäre, könntest du das bestimmt wieder in den Griff bekommen, und ich könnte sicher sein, dass man nicht versucht, ihn zu vergiften."

„Wer, um Himmels Willen, sollte ihn denn vergiften?"

Erika zuckte die Schultern. „Ehrlich gesagt, ich weiß es nicht, und es ist auch mehr eine vage Befürchtung als ein begründeter Verdacht, aber Feinde hat er sich in den letzten Monaten genug gemacht."

„Ich habe gelesen, er hat in der Vatikan-Bank kräftig umgerührt", warf Axel ein.

„Stimmt, leider gibt es bisher keine konkreten Ergebnisse, dafür viel böses Blut, denn der neue Präsident hat – mit Leos Zustimmung - über tausend Konten sperren lassen. Alles Konten von Klerikern, darunter zahlreiche Kardinäle der Kurie."

Axel nickte. „Verdacht auf Geldwäsche, stand in der Zeitung. Keine konkreten Hinweise?"

Sie schüttelte den Kopf und Axel fuhr weiter fort: „Eines habe ich allerdings bisher noch nie ganz verstanden. Was hat die Kurie mit der Bank zu tun?"

„Sie ist quasi die Aufsichtsbehörde."

„Die Kurie ist für die Bankenaufsicht zuständig? Ich dachte immer, die Herren kümmern sich um unser Seelenheil."

Erika lächelte: „Das glaubt man allgemein. Jedenfalls hat Leo einen neuen Präsidenten eingesetzt und diesen dazu ermächtigt, eine unabhängige Firma mit der Prüfung der Geldgeschäfte zu beauftragen."

„Das war vermutlich ein Sakrileg. Und was ist dabei herausgekommen?"

„Bisher leider wenig, die Kommission arbeitet noch. Aber Leo kämpft ja an mehreren Fronten. Wie ihr wisst, ist in den letzten zwei Jahren viel geschehen – für vatikanische Verhältnisse."

„Clemens meint, es sei alles beim Alten geblieben", entgegnete Katharina.

Erika lachte gequält. „Genau das ist das Dilemma! Den einen geht alles viel zu schnell, den anderen kann es nicht schnell genug gehen. Allein meine Anwesenheit und die Einsetzung der Reform-Kommission haben zu einer unglaublichen Polarisierung geführt. Natürlich gab es auch im Vatikan schon immer Reformer und Traditionalisten, aber seit einigen Monaten kommt es zu offenen Konflikten zwischen den Parteien."

„Auf welcher Seite steht Leo?", wollte Katharina wissen.

Erika nahm noch einen Schluck von dem hervorragenden Himbeerbrand, ehe sie antwortete: „Leo steht in der Mitte. Man könnte auch sagen, er sitzt zwischen den Stühlen. Die Reformfreudigen sehen in ihm natürlich einen Bremser, die Bewahrer, die ewig Gestrigen, die sehen in ihm einen gefährlichen Revolutionär."

„Leo als Revolutionär – das ist gut!", lachte Katharina. Dann setzte sie ernst hinzu: „Aber sie haben ihn doch gewählt. Leo sitzt seit über zwanzig Jahren im Vatikan. Da müssen die Herren Kardinäle doch gewusst haben, wen sie auf den Stuhl Petri gehievt haben."

„Leo war ja auch kein Wunschkandidat. Die Reformer wollten Rossi, die Bewahrer wollten mehrheitlich Benetti, den Kardinal-Staatssekretär. Leo wollte anfangs eigentlich niemand. Aber nach dem zwölften Wahlgang wollten die Herren nur noch eines: raus aus der Sixtinischen Kapelle. Also haben sie den kleinsten gemeinsamen Nenner gewählt: Leo. Dummerweise hat jetzt keine Partei so richtig Freude mit ihm."

„Das hat Leo nie erzählt!"

„Wundert dich das?", lächelte Erika und hatte auf der Stelle Leos schmales, ernstes Gesicht und sein würdevolles Gehaben vor Augen. „In der Öffentlichkeit wurde es natürlich auch anders dargestellt, obwohl die zwölf Wahlgänge schon für sich gesprochen haben. Außerdem ist er der dritte Nicht-Italiener in diesem Amt, das kommt zumindest bei den Italienern nicht besonders gut an."

„Man sollte doch meinen, dass sie sich mit der Zeit daran gewöhnt haben", meinte Katharina.

„Ganz im Gegenteil, es wird von Mal zu Mal schlimmer, sagt zumindest Monsignore Rinaldo."

„Apropos, auf welcher Seite steht Rinaldo?", wollte Axel wissen.

„Der zumindest steht treu an Leos Seite", antwortete Erika voller Überzeugung, dann setzte sie zögernd hinzu: „Glaube ich zumindest. Aber manchmal weiß ich eigentlich gar nicht mehr, was ich noch glauben soll. Es gibt ja nicht nur die, die offen ihre Meinung sagen. Die halte ich für weniger gefährlich. Mehr ängstigen mich diese Speichellecker, die vor lauter Ehrerbietung gar nicht wissen, wie viele Buckel sie noch machen sollen. Denen misstraue ich am allermeisten."

„Das kann ich gut nachvollziehen", nickte Katharina. Eine Weile blieb es still, nur das Prasseln des Feuers im offenen Kamin war zu hören.

„Als Papst wird er doch entsprechend bewacht werden", unterbrach Axel das Schweigen.

„Schon, aber das war Johannes Paul I auch, und der war bekanntlich nur 33 Tage im Amt. Bis heute hält sich das Gerücht, er könnte vergiftet worden sein. Sein Tod fiel nämlich just auf den Abend, bevor er im Vatikan einige Umbesetzungen durchführen und die gesamte Führung der Bank entlassen wollte."

„Wurde er denn nicht obduziert?", fragte Katharina.

Erika schüttelte den Kopf. „Der Vatikan hat sich dagegen entschieden. Bisher wurde noch kein Papst obduziert, das wäre bei Leo sicher nicht anders."

„Jetzt erst verstehe ich deine Sorge! Kann Leo das denn nicht ändern?" Katharina war die Besorgnis anzuhören.

„Beispielsweise mit einer Verfügung, wonach er im Fall seines Todes jedenfalls obduziert werden soll – wie klar die Todesursache auch scheinen mag", setzte Axel hinzu.

„Daran habe ich auch schon gedacht", gestand Erika. „Ich hatte nur noch nicht den Nerv, mit ihm darüber zu reden. Aber ich sollte es wohl tun."

Katharina kaute an ihrer Unterlippe, ehe sie fragte: „Wie könnten wir dir denn helfen?"

Erika schickte ein dankbares Lächeln in die Runde. „Ihr helft mir doch schon, weil ihr mir zuhört und kluge Fragen stellt. So kann ich meine Gedanken am besten sortieren. Genau genommen habe ich weder konkrete Beweise noch einen speziellen Verdacht - dennoch habe ich Angst um Leo."

Wieder herrschte Schweigen, jeder hing seinen Gedanken nach. Dann sagte Erika: „Ich würde auch noch gerne mit Clemens sprechen. Er kommt nicht zufällig in den nächsten Tagen nach Wien?" „Das nicht, aber wir könnten doch zu ihm fahren! Wie lange bleibst du denn?", rief Katharina sichtlich erfreut. „Mein Rückflug ist für Mittwoch gebucht." „Wunderbar. Dann schlage ich vor, wir machen am Wochenende einen Ausflug in die Steiermark, quartieren uns im Mürztalerhof ein, der hat einen sehr schönen Spa-Bereich und eine hervorragende Küche." „Wenn das so kurzfristig möglich ist, bin ich dabei! Morgen muss ich leider auf eine Hochzeitsfeier, ab Samstagfrüh stehe ich zur Verfügung, wenn das für euch in Ordnung ist?" setzte sie hinzu und warf einen besorgten Blick auf Axel, der irgendetwas gemurmelt hatte. Doch nun antwortete er lächelnd: „Wie du siehst, kann es Katharina ohnehin kaum erwarten, Clemens wiederzusehen, sie hört nämlich schon wieder das Gras wachsen."

Katharina schnitt eine Grimasse und Erika sah sie fragend an. „Axel will es ja nicht glauben, aber ich sage dir, da ist was im Busch. Clemens war bei seinem letzten Besuch total aufgekratzt. Als Ärztin sage ich euch: entweder er ist verliebt oder er kokst." Nach einer kurzen Pause setzte sie hinzu: „Ich bin eigentlich ziemlich sicher, dass er nicht kokst."

Als Erika später im Taxi saß, fühlte sie sich ruhig und entspannt wie lange nicht mehr. Das Gespräch mit den beiden hatte ihr so verdammt gutgetan. Vielleicht hatte sie doch nur Geister gesehen. Von diesem dummen Gerücht hatte sie ihnen allerdings noch nichts erzählt.

Steirische Schmankerl

„Natürlich freue ich mich!", rief Clemens. „Wir treffen uns dann am Samstagabend, im Mürztalerhof, 19 Uhr. Danke Katharina. Servus!" Er legte auf und warf Ulrike, der Pfarrsekretärin, einen bedauernden Blick zu. „Das war's dann leider mit unserem Samstagabend. Sonntagmittag wollen die mich auch haben, aber da könntest du doch mitkommen."

Ulrike schien erst zu zögern, dann sagte sie: „Na ja, wenn du meinst, gerne. Ich bin ohnehin ziemlich neugierig auf deine Katharina."

„Meine Katharina? Lass das nur nicht Axel hören", lachte Clemens. „Außerdem ist es wirklich schon sehr lange her, du hast ja unsere Tochter kennen gelernt."

„Pst!", machte Ulrike und deutete auf die offen stehende Kanzleitür, aber Clemens zuckte nur die Schultern. „Ist doch egal. Wenn die Brüder wollen, können sie mich gerne in Pension schicken."

„Bei dem Priestermangel? Daran glaube ich auch wieder nicht. Ist aber eine interessante Überlegung. Leider kann ich sie nicht näher mit dir erörtern, weil die Sprechstunde des Pfarrsekretariats soeben begonnen hat." Damit schnappte sie sich ihre Unterlagen und eilte davon.

„Die stehen bestimmt schon Schlange", rief Clemens ihr hinterher. Er glaubte nicht so recht an die Sinnhaftigkeit dieser Einrichtung. Wenn mal jemand zu den festgesetzten Sprechstunden kam, konnte man ohnehin davon ausgehen, dass er entweder keine Kirchensteuer zahlen oder gleich ganz austreten wollte. Alle anderen kamen zu allen möglichen Zeiten, nur nicht zur Sprechstunde. Während er seine Unterlagen für den Dekanatskreis zusammensuchte, überlegte er, ob er sich über den Besuch aus Wien nun ärgern oder freuen sollte. Natürlich freute er sich, Katharina, Erika und Axel zu sehen – ja, er freute sich auch über Axel –, aber ein Abend mit Ulrike hätte schon auch seine Reize gehabt. Bisher hatte sie ihn noch nie alleine zu sich eingeladen.

Schon komisch. Nach der Geschichte mit Katharina hatte er wirklich zölibatär gelebt und eigentlich gedacht, für ihn wäre die Sache gegessen, er hätte mit dem Zölibat seinen Frieden gemacht. Doch dann war vor einigen Monaten Ulrike in der Tür gestanden, um sich für die Stelle der Pfarrsekretärin zu bewerben. Im Grunde hatte sie es gar nicht nötig zu arbeiten, aber sie sagte, es mache sie wahnsinnig, nichts zu tun zu haben. Das traf sich natürlich gut, bei dem Mini-Gehalt, das er nur zahlen konnte. Das meiste davon schusterte sie ohnehin wieder in die Pfarrarbeit. Mal brachte sie Kuchen für die Senioren, dann Eis für die Jugendgruppe oder eine gute Flasche Wein für das Gespräch mit dem Bischof. Jedenfalls konnte er sich ein Leben ohne Ulrike nicht mehr vorstellen. Er freute sich schon beim Aufwachen, dass er sie im Laufe des Tages sehen würde – einfach nur sehen. Ihr ging es ebenso, das wusste er, nicht nur, weil sie deutlich mehr Stunden im Pfarrhaus verbrachte, als ihre Anstellung es erfordert hätte. Natürlich war es schön mit ihr zu arbeiten, interessant mit ihr zu reden, aber er wollte sie auch im Arm halten, zärtlich sein – und lieben.

*

„Diese römischen Brüder leben doch alle in einem Wolkenkuckucksheim!", rief Clemens. Erika legte begütigend ihre Hand auf seinen Arm und bedeutete ihm, nicht so laut zu sein.

„Na ist doch wahr!", sagte er etwas leiser. „Wenn wir wollen, dass die Menschen glauben, und das wollen wir doch, dann dürfen wir die Realität ihres Alltags doch nicht einfach ignorieren."

Einen kurzen Moment dachte er an Ulrike und seine eigene Realität. Der Abend hätte ihr gefallen. Sie hatten gut gegessen und schon vor zwei Stunden das schicke Restaurant gegen die gemütliche Gaststube getauscht, in der Axel und er sich ihre Zigarren schmecken lassen konnten. Sie hatten interessante Gespräche geführt und einen köstlichen Rotwein dazu getrunken. Dennoch hatte er gute Lust auf ein weiteres Glaserl. Er warf einen Blick auf die Weinflasche, doch die war schon leer.

„Trinken wir noch ein Gläschen?"

„Aber nur, wenn du nicht mit dem Auto heimfährst", entgegnete Katharina.

„Versprochen." Er holte den Autoschlüssel aus der Innentasche seines Sakkos und legte ihn auf den Tisch. „Dann müsst ihr mir die Karre aber morgen bringen."

„Wird gemacht", sagte Katharina und griff nach dem Schlüssel, während Axel dem Wirt deutete, er möge noch eine Flasche bringen. Zufrieden fuhr Clemens weiter fort: „Man muss sich das einmal bildlich vorstellen: Eine Runde alter Männer unterhält sich über Empfängnisverhütung, Abtreibung, Ehe und Familie. Das ist ja zum Lachen – wenn's nicht so traurig wär'."

„Die Mehrheit der Katholiken negiert die Ehe- und Sexualmoral doch sowieso", setzte Katharina hinzu.

Erika nickte. „Mir scheint, das gehört auch nicht zu den originären Aufgaben der Kirche", ergänzte sie und ließ sich ebenfalls noch etwas Wein einschenken. „Was Leo und wir in der Reform-Gruppe jetzt brauchen, um diese Anliegen durchzusetzen, ist mehr Unterstützung von der Basis."

„Und wie soll die aussehen?", fragte Clemens verwundert.

„Da vertraue ich voll auf deine Kreativität, du bist doch der Oberboss der Revolutionäre", antwortete Erika lachend.

„Stimmt. Gut, dass du mich daran erinnerst, ich bin ja ein Revolutionär. Apropos, hättet ihr etwas dagegen, wenn meine Pfarrsekretärin sich uns morgen anschließen würde?"

„Nicht, wenn sie hübsch ist", antwortete Axel wie aus der Pistole geschossen und erntete dafür einen Stupser von Katharina.

„Sehr hübsch", antwortete Clemens vielsagend.

„Ich hab' doch gewusst, dass da etwas im Busch ist. Stimmt's?", rief Katharina, was Axel lächelnd bestätigte. „Deshalb warst du so aufgekratzt, als du letztens bei uns warst. Jetzt erzähl!"

„Meine Güte, da gibt's nicht viel zu erzählen. Sie heißt Ulrike, ist unsere neue Pfarrsekretärin - eine ganz hervorragende noch dazu -, geschieden, der Sohn bereits erwachsen, und sie wird morgen mit uns essen gehen. Außerdem war ich nicht aufgekratzt, nur gut gelaunt."

„Auffallend gut gelaunt", bestätigte Katharina.

***

Erika hatte nichts Grundsätzliches gegen Pfarrsekretärinnen, doch die hier passte ihr nicht so recht ins Programm. Sie hatte doch noch so viel mit den Freunden zu besprechen, und wenn diese Ulrike auch hübsch sein mochte, so war sie ihr doch fremd und es gab da etwas, was sie keinesfalls vor Fremden besprechen wollte. Also musste sie es jetzt sagen, jetzt gleich. Sie holte tief Luft und unterbrach Katharina, die immer noch versuchte, Clemens ein paar Details zu entlocken: „Es gibt da ein ziemlich hässliches Gerücht, das vermutlich dazu dienen soll, mir oder der Reformkommission, möglicherweise sogar Leo selbst, zu schaden."

„Lass mich raten", unterbrach Katharina. „Man unterstellt euch ein Verhältnis."

„Exakt."

Einen Moment herrschte Schweigen am Tisch, dann sagte Axel: „Nicht besonders fantasievoll, aber bestimmt hoch wirksam. Sozusagen drei Fliegen mit einer Klappe geschlagen."

„Möglich, aber es ist falsch, grundfalsch!", empörte sich Erika.

„Das sind Gerüchte eigentlich immer, wenn sie auch oft einen wahren Kern haben", meinte Katharina und legte gleichzeitig ihre Hand auf Erikas Arm. „Versteh' mich bitte nicht falsch, aber wahr ist doch, dass Leo in dir nun den Freund oder eben die Freundin hat, die ihm sein Leben lang fehlte. Ich weiß ja nicht viel von ihm, und so gut wie nichts über seine Jahre in Rom, aber so, wie ich ihn im bei seinem Wien-Besuch erlebt habe, sieht kein Mensch aus, der sich wohlfühlt in seiner Haut. Und zum Wohlfühlen gehört zumindest ein Mensch, dem man vertrauen kann."

„Weiß Leo von diesem Gerücht?", fragte Clemens. Erika zuckte die Schultern. „Ich glaube nicht – zumindest haben wir nicht darüber geredet."

*

26

Am Sonntag hielt Clemens eine feurige Predigt, in der er sinngemäß sagte, das neue Jahrtausend wäre das Jahrtausend der Laien und der Frauen. Die Kirche müsse sich öffnen für deren Bedürfnisse und sie müsse ihr Engagement endlich wertschätzen. Nicht nur, weil es zu wenige Priester gäbe, auch, weil Laien wie Frauen sich emanzipiert hätten – und das sei auch hoch an der Zeit gewesen, denn ohne Kirchenvolk könne es jedenfalls keine Kirche geben.

Den daraus folgenden Schluss, dass es ohne Kirchenführung möglicherweise ganz gut ginge, hatte er nicht ausgesprochen, aber man wusste auch so Bescheid.

Nicht nur Erika war beeindruckt, auch Ulrike sagte, als sie später beim Mittagessen saßen: „Eine der besten Predigten, die ich je von dir gehört habe."

„Ja, wirklich, gut gebrüllt Löwe!", setzte Katharina hinzu. „Jetzt musst du nur noch Nägel mit Köpfen machen."

„Wie sollten die deiner Meinung nach aussehen?", fragte Clemens verwundert.

Da in diesem Moment der Schweinsbraten serviert wurde, für den der Jagawirt weithin bekannt war, wurde Katharina vorerst der Antwort enthoben, aber nach dem Essen kam Erika noch einmal auf das Thema zurück. „Was genau hast du dir vorgestellt, als du vorhin von Nägeln mit Köpfen gesprochen hast?"

Katharina rührte eine Zeitlang in ihrem Kaffee, ehe sie zu Clemens gewandt sagte: „Vielleicht solltest du einfach einmal zu deinem Leben stehen."

„Versteh ich nicht", entgegnete Clemens.

„Nun ja, ich denke, ein Bekenntnis zu deinem Leben wäre auch ein Beitrag, Frauen wertzuschätzen."

Einen Moment herrschte gespannte Stille am Tisch, dann fragte Clemens: „Denkst du dabei mehr an die Vergangenheit oder an die Zukunft?"

„Ich sprach von deinem Leben, also meine ich Vergangenheit, Gegenwart und Zukunft!"

Clemens schien immer noch verwirrt. „Ja, soll ich mich jetzt als Vater unserer Tochter outen – oder wie?"

„Warum nicht?", gab Katharina zurück.

„Also, ich weiß nicht, wem das etwas bringen sollte."

„Dir, vielleicht deiner Tochter, jedenfalls aber deiner Freundin und allen Priestern, die in einer ähnlichen Situation sind oder waren. Dieses ewige Versteckspiel ist so was von unwürdig!"

„Da gebe ich dir ja recht, aber ich weiß immer noch nicht, was das bringen soll."

„Vielleicht löst du damit ja eine Kettenreaktion aus – wie damals, bei den Missbrauchsfällen. Hat einmal jemand den Mut gefunden, seine Geschichte öffentlich zu machen, findet sich immer auch ein Zweiter - und so weiter."

Katharina hatte ja vielleicht nicht Unrecht, aber für diese Ulrike musste das Gespräch wahnsinnig unangenehm sein, dachte Erika und warf einen Blick auf Clemens' Begleiterin, der anzusehen war, wie unwohl sie sich fühlte. Erika überlegte fieberhaft, wie sie die Situation etwas entschärfen könnte, als Axel sagte: „So eine Aktion müsste allerdings ebenso gründlich durchdacht wie vorbereitet werden. Von einem unbedachten Schnellschuss hat keiner etwas."

„Außerdem fürchte ich, dass Sie da etwas missverstanden haben", fügte Clemens Begleiterin hastig hinzu.

Katharina lächelte: „Meine liebe Frau Bauer, bemühen Sie sich nicht, zumindest nicht unseretwegen. Wie Sie vermutlich wissen, war ich einmal in einer ganz ähnlichen Situation."

Einen Augenblick herrschte gespannte Stille, dann sagte Clemens: „Wenn wir hier schon so offen reden, könntet ihr wenigstens mit dem blöden ‚Sie' aufhören."

Wie auf Kommando hoben alle ihr Glas und prosteten Ulrike zu.

„Danke, das ist sehr freundlich von Ihnen, pardon, von euch natürlich, aber dennoch …"

„Sag' jetzt bloß nicht, die haben sich alle geirrt!", unterbrach Clemens und warf ihr einen liebevollen Blick zu.

Ulrike errötete, dann flüsterte sie: „Nein, haben sie nicht."

Vatikanische Machenschaften, die Zweite

Massimo zündete sich eine seiner dicken Zigarren an und blies den Rauch genüsslich seinem Gast ins Gesicht.

„Ich dachte, der Arzt hat dir das Rauchen verboten", meinte dieser und wedelte mit seiner aristokratischen Hand, um den Rauch zu vertreiben. „Hat er auch. Seither schmeckt es doppelt so gut. Rotwein hat er mir auch verboten, der elende Stümper. Dabei wollte ich keine Belehrungen, nur ein Mittel gegen das Rheuma." Dann nahm er einen kräftigen Schluck aus dem bauchigen Rotweinglas, das vor ihm stand.

„Das nennt man beratungsresistent", konstatierte sein Gegenüber mit säuerlicher Miene und nippte an seinem Glas.

„Ich war noch nie ein Asket, und wenn ich mir unseren hochverehrten Papst so anschaue, habe ich gut daran getan. Apropos. Ich war am Wochenende auf unserem Weingut. Die Leute sagen, das könnte heuer ein edler Tropfen werden."

„Du warst auf dem Gut? Bist du denn total übergeschnappt?"

„Inkognito, versteht sich. Ich habe mich als Onkel der Geschäftsführerin eingeführt, was im Übrigen gar nicht gelogen ist. Das Hotel ist so gut wie fertig, zu Weihnachten werden die ersten Gäste erwartet."

Sein Gegenüber winkte ab. „An Details bin ich nicht interessiert. Genau genommen möchte ich so wenig wie möglich davon wissen."

„Ich weiß, dich interessiert nur die Kohle."

„Woher du nur diese primitiven Ausdrücke nimmst? Außerdem benötigen wir das Geld für einen guten Zweck, wie du wohl weißt, und der Zweck heiligt bekanntlich die Mittel." Dann starrte er einige Minuten ins Feuer, ehe er sagte: „Hast du eigentlich niemals Angst, dass die Sache auffliegen könnte?"

„Welche Sache?", fragte Massimo scharf. Sein Gast schwieg.

Der Diebstahl

Erika hatte beschlossen, Leo vorerst weder von Clemens' neuer Liebe noch von seinem beabsichtigten Outing zu erzählen, und sich stattdessen nette Geschichten über die Hochzeit ihrer Nichte ausgedacht. Bedauerlicherweise blieb für nette Geschichten keine Zeit.

Sie hatte zwar gemailt, wann sie ankommen würde, war dann aber doch überrascht, als Monsignore Rinaldo sie am Airport erwartete.

„Roberto! Wie komme ich denn zu dieser Ehre?", fragte sie lachend.

„Seine Heiligkeit hat gemeint, es wäre eine gute Gelegenheit, Sie über einiges in Kenntnis zu setzen."

„Klingt ja geheimnisvoll. Ist etwas passiert?"

„Kann man so sagen. Aber ich bitte Sie, sich noch einen Moment zu gedulden." Dann schnappte er sich ihren Koffer und bahnte sich einen Weg durch die Menge, Erika folgte ihm ebenso beunruhigt wie neugierig und war froh, als sie endlich im Auto saßen.

„Jetzt reden Sie schon!"

Er nickte bedächtig. „Sehr gerne. Vorab sollte ich vielleicht erwähnen, dass ich schon länger den Verdacht hege, dass Gelder einer Stiftung für sozialen Wohnbau widmungswidrig verwendet worden waren. Am vergangenen Wochenende habe ich erfahren, wohin das Geld, möglicherweise, geflossen sein könnte. Ich habe alle Verdachtsmomente zusammengeschrieben und sie gemeinsam mit den mir vorliegenden Unterlagen am Montag Seiner Heiligkeit übergeben. Heute Morgen waren diese Unterlagen verschwunden."

Erika atmete auf.

„Das ist alles? Wahrscheinlich hat Seine Heiligkeit sie schlichtweg verschustert."

„Kaum anzunehmen, da er gestern Abend noch darin gelesen hat."

„Und wofür wurden diese Gelder verwendet?"

„Wenn unsere Annahmen stimmen, für den Ausbau eines Weingutes samt Hotel und Golfplatz."

„Und wem gehört dieses Weingut?"

„Offiziell gehört es einer Firma Orlandi. Aber an Orlandi sind drei Firmen beteiligt, und das Ganze ist dermaßen verschachtelt, dass es vermutlich einige Zeit dauern wird, bis wir herausfinden, wer tatsächlich dahintersteckt."

Erika hatte in den wenigen Tagen ihrer Abwesenheit zunehmend das Gefühl gehabt, dass sie möglicherweise doch Geister gesehen hatte. Offenbar waren diese Geister ziemlich real.

Bevor sie den Vatikan erreichten, sagte Rinaldo: „Seine Heiligkeit bittet Sie zum Abendessen im kleinen Kreis. 19 Uhr, wie immer. Meine Kollegen sind bis dato noch nicht von der Sache unterrichtet. Seine Heiligkeit hielte es für wünschenswert, wenn das noch einige Zeit so bleiben könnte."

„Ich soll also den Mund halten", brachte es Erika auf den Punkt.

*

Während des Abendessens hatte Erika Muße, die Herren Sekretäre näher zu betrachten. Kam einer von ihnen für einen derartigen Vertrauensbruch in Frage? Wem würde sie es zutrauen?

Monsignore Goldoni war zwar zweifellos eher den Traditionalisten zuzurechnen, aber eigentlich traute sie ihm keine Bosheit zu. Genau genommen traute sie ihm gar nichts zu.

Monsignore Campeggio hingegen traute sie alles zu. Allerdings gut möglich, dass sie parteiisch war, denn er hatte nie auch nur den geringsten Zweifel daran gelassen, was er von ihrer Anwesenheit im Vatikan hielt.

Wie üblich erhob sich Leo gegen neun, um die gemeinsame Tafel aufzuheben. Diesmal bat er Erika und Rinaldo, noch einen Moment zu bleiben.

Als Campeggio und Goldoni sich zurückgezogen hatten, sagte er: „Ich gehe davon aus, dass der Monsignore dich in der Zwischenzeit auf Stand gebracht hat."

„Allerdings. Ich hatte auch schon etwas Zeit, darüber nachzudenken, wem ich so etwas zutrauen würde. Leider ohne besondere Ergebnisse. Es sind einfach zu viele."

Leo lächelte säuerlich: „Ich dachte mir schon, dass du das ähnlich sehen könntest. Leider ist das nicht sonderlich hilfreich. Wen würdest du ausschließen?"

„Ich glaube, wir sollten niemanden ausschließen. Hast du schon die Polizei verständigt?"

„Der Kommandant der Gendarmerie des Vatikans wird in wenigen Minuten hier sein. Er hat mich gebeten, vorerst Stillschweigen zu bewahren." Wie aufs Stichwort meldete Schwester Agatha dessen Ankunft.

Der Kommandant war ein kleiner, untersetzter Italiener mit dichtem schwarzen Haar und Schnurrbart. Seine Bewegungen waren ebenso rasch wie seine Rede, sodass Erika kaum ein Wort verstand, obwohl sie in der Zwischenzeit ganz passabel italienisch sprach. Offensichtlich hatte er eben Rinaldo gefragt, wie der denn überhaupt auf diese Sache gestoßen sei. Roberto antwortete, langsam und deutlich, so dass auch sie seine Antwort gut verstehen konnte.

Die Baufirma, in der Robertos Schwager als leitender Techniker beschäftigt war, hatte vor etwa drei Jahren von der fraglichen Stiftung einen Auftrag zur Planung und Errichtung einer Wohnhausanlage mit 70 Wohnungen erhalten. Robertos Schwager war darüber sehr froh gewesen, hieß das doch, dass sein Job die nächsten Jahre gesichert war. Als die Planung abgeschlossen war, hieß es, dass die projektierten Kosten die erwarteten bei Weitem überstiegen, sodass nur 50 Wohnungen gebaut werden sollten. Da die Planungskosten jedoch in vollem Umfang bezahlt worden waren, stellte das vorerst kein allzu großes Problem für die Baufirma dar. Als dann die Bewilligungen soweit vorlagen, hieß es, dass mit dem Bau aus finanziellen Gründen vorerst nicht begonnen werden konnte. Die Baufirma hatte auch diesmal keinerlei Schaden erlitten, weil man ihr, quasi zum Ausgleich, den Bau eines Golfhotels vermittelt hatte.

Roberto hatte schon damals versucht, der Sache auf den Grund zu gehen, doch irgendwie war er nicht vorangekommen. Seine Anfragen waren unbeantwortet geblieben oder so schwammig beantwortet worden, dass er sich erst recht keinen Reim darauf hatte machen können.

Also hatte er sich an seinen direkten Vorgesetzten, Erzbischof Fuscotti, gewandt, der versprochen hatte, sich der Sache anzunehmen.

Roberto hatte dann noch ein, zwei Mal nachgefragt, aber offensichtlich war es auch Fuscotti nicht gelungen, Licht ins Dunkel zu bringen, denn er reagierte eher unwillig. Da Robertos Schwager mittlerweile die Baubetreuung des Hotels übernommen hatte, hatte der Monsignore die Sache aus den Augen verloren.

Roberto sah seine Familie nicht allzu oft, doch vor zwei Wochen hatte sein Neffe seinen zehnten Geburtstag gefeiert. Natürlich hatte man auch über Politik und Wirtschaft debattiert und sein Schwager hatte erwähnt, wie froh er sein konnte, dass der Hotelbau nun bald abgeschlossen sei, dann hätte das ewige Pendeln ein Ende, und ab Jänner würde er endlich mit dem Bau dieses Wohnprojekts beginnen, wenn auch nur noch 25 Wohnungen errichtet werden sollten.

Das hatte Roberto keine Ruhe gelassen. Doch diesmal hatte er sich nicht an Fuscotti gewandt, sondern an Silvio Picardi, einen ehemaligen Schulkollegen, der als Journalist arbeitet und im Vatikan akkreditiert war. Picardi hatte sich auf die Suche gemacht und Roberto am vergangenen Sonntag Unterlagen übergeben, die darauf hindeuteten, dass es eine Verbindung zwischen Weingut, Golfhotel und den verschwundenen Stiftungsgeldern geben könnte, die, offiziellen Angaben zufolge, einem unsicheren Investment zum Opfer gefallen seien - auf gut Deutsch: Sie waren verspekuliert worden. Diese Unterlagen, zusammen mit seinen früheren Beobachtungen, hatte Roberto diesmal direkt dem Heiligen Vater übergeben.

„Und woraus bestehen diese Unterlagen?", wollte der Kommandant wissen. Daraufhin nahm Roberto das Handy aus der Tasche seines Sakkos und antwortete lächelnd. „Ich gestehe, dass ich nicht alles verstanden habe, aber ich habe alles fotografiert."

*

Nachdem der Kommandant und Roberto gegangen waren, fragte Leo: „Traust du Fuscotti das zu?"

„Wie du weißt, traue ich Fuscotti alles Mögliche zu, ihm und vielen anderen", antwortete Erika.

„Du hast ja gehört, wir dürfen keine falschen Schlüsse ziehen", meinte Leo bedächtig. „Fuscotti hat, wenn er überhaupt mit der Sache zu tun hat, möglicherweise nur jemanden gedeckt." „Ich glaube ohnehin nicht, dass er die Unterlagen gestohlen hat. Dafür ist er zu schlau. Wenn schon, hätte er sie fotografiert, wie Roberto. Außerdem stellt sich doch die Frage: Wem nützt dieser Diebstahl? Wer immer diese Mappe an sich genommen hat, muss doch davon ausgehen, dass dir der Inhalt bereits bekannt war. Also, für mich ergibt das überhaupt keinen Sinn."

Seine Heiligkeit blickte versonnen ins Licht der Kerze und nickte.

*

Als Erika, der man für die Dauer ihrer Arbeit im Vatikan eine Zwei-Zimmer-Wohnung zur Verfügung gestellt hatte, in ihr vatikanisches Domizil zurückkehrte, fühlte sie sich zwar hundemüde, aber zu aufgedreht, um ins Bett zu gehen. Also goss sie sich noch ein Glas Rotwein ein – bei Leo hatte es wieder einmal nur Tee gegeben –, zündete sich ebenfalls eine Kerze an und ließ ihren Gedanken freien Lauf.

Wer war dumm genug, Unterlagen zu stehlen, von denen er annehmen musste, dass es sich um Kopien handelte? Selbst wenn Roberto sie nicht fotografiert hätte, wären sie doch wieder beschaffbar gewesen.

Immerhin schien es Leo etwas besser zu gehen. Nicht gut, aber besser. Ach, Leo. Wie gern wäre sie jetzt bei ihm gewesen, hätte ihre Hand auf seine gelegt, ihn in den Arm genommen und ihm gesagt, dass jetzt gar nichts mehr passieren könne, weil sie doch bei ihm sei.

Aber Leo war ja so was von korrekt! Sie wollte nicht undankbar sein. Sie war schon gottfroh, dass sie überhaupt in seiner Nähe sein konnte. Das war mehr, als sie sich je erträumt hatte, schließlich hatte sie sehr bald gewusst, dass er sich für Gott und die Kirche entscheiden würde. Aber deswegen hatte sie ihn doch nicht weniger geliebt.

Vatikanische Machenschaften, die Dritte

*„Welcher Teufel hat Sie geritten, dieses Pamphlet an sich zu nehmen?",
fauchte Massimo.*

„Aber Eminenz, es geht doch um die Stiftungsgelder und das Weingut!"

„Und?", bellte Massimo und klopfte auf die vor ihm liegende Mappe. „Alles, was da steht, ist entweder bekannt oder es handelt sich um Mutmaßungen. Das müsste doch auch in Ihr Spatzenhirn gehen."

„Aber die Zeit drängte, Eminenz, ich musste handeln. Nur einen Augenblick später und Seine Heiligkeit hätte mich ertappt!"

Massimos Stimme triefte vor Spott, als er antwortete: „Was hätte er dann gesehen? Einen seiner Sekretäre mit einer Mappe in der Hand. Wie außerordentlich! Wahrhaft sensationell.

Durch Ihren Geniestreich ist in der Zwischenzeit allerdings die gesamte Gendarmerie des Vatikans hinter diesem Ding her."

„Davon ist mir nichts bekannt."

„Ach, hat sich Seine Heiligkeit nicht mit Ihnen besprochen? Warum wundert mich das nicht?" Massimo warf ihm einen vernichtenden Blick zu, dann blaffte er: „Sie können gehen!"

Eine Zeitlang blickte er dem Mann hinterher, dann griff er zu seinem Handy und wählt eine Nummer. Nervös trommelte er auf die Tischplatte. Endlich sagte er: „Wir müssen reden. Unser Spatzenhirn hat vollkommen wertlose Unterlagen an sich genommen."

Verhältnisse

Auch wenn er es nicht gesagt hatte, so war Leo doch heilfroh, dass Erika wieder da war. Natürlich konnten sie sich nicht allzu oft sehen, aber schon das Wissen, dass sie in seiner Nähe war, gab ihm ein Gefühl von Sicherheit und half ihm, seine Arbeit zu tun. Zwei Tage nach ihrer Rückkehr bat der Präsident der Vatikanbank Leo um eine dringende Unterredung unter vier Augen.

„Wann können wir ihn einschieben?", fragte Leo Monsignore Rinaldo, der eben bei ihm war, um den Tagesablauf zu besprechen.

„Frühestens nächste Woche."

„Zu spät", beschied ihn Leo.

„Es tut mir leid, aber sehen Sie selbst, Eure Heiligkeit", forderte Rinaldo ihn auf und schob ihn den Kalender zu.

Leo warf einen Blick darauf: „Wir schieben ihn morgen Mittag ein."

„Gemeinsam mit Kardinal Calvi und Erzbischof Fuscotti?"

„Natürlich nicht, der Präsident hat um ein Vier-Augen-Gespräch gebeten."

Rinaldo verneigte sich und ging. Wenige Minuten später läutete Leos Privat-Handy.

„Erika, was kann ich für dich tun?"

„Roberto macht sich ernsthaft Sorgen, und ich muss ihm durchaus recht geben. Er sagt, du hast Calvi und Fuscotti zum Mittagessen gebeten, und jetzt lädst du sie wieder aus?"

„So ist es. Die Herren werden auch anderswo einen Teller warme Suppe bekommen. Vielleicht möchtest ja du mit ihnen zu Mittag essen."

„Das wird die Herren kaum trösten."

„Wo ist das Problem? Calvi und Fuscotti essen ununterbrochen mit mir – und Calvi versäumt selten zu erwähnen, wie gesund die gemeinsamen Mahlzeiten doch seien. Also soll er sich um Himmels Willen anderswo den Bauch vollschlagen."

„Leo, bitte, darum geht es doch nicht. Von dir ausgeladen zu werden, empfindet Calvi mit Sicherheit als Brüskierung. Er ist zwar anderen gegenüber nicht zimperlich, selbst aber scheint er mir ziemlich dünnhäutig. Außerdem gehört er schon jetzt nicht gerade zu deinen Anhängern."

„Ach, Unsinn. Calvi ist zwar nicht gerade mein bester Freund, aber er ist alles andere als eine Mimose."

„Beten wir darum, dass du recht hast", sagte Erika.

„Sei unbesorgt. Sehe ich dich in den Gärten? Sagen wir um 14 Uhr?"

„Gerne, Leo!"

Als er das Gespräch beendet hatte, schüttelte er lächelnd den Kopf. Worum Frauen sich so alles Sorgen machen.

*

Dass das Gespräch mit Dall' Oglio, dem Präsidenten der Vatikanbank, nicht besonders erfreulich sein würde, war Leo schon klar gewesen, aber was Dall' Oglio ihm da erzählte, übertraf seine Erwartungen. Obwohl die Überprüfung der gesperrten Konten bisher kaum nennenswerte Ergebnisse gebracht hatte, schien sie bestimmte Kreise zu beunruhigen, denn seit wenigen Tagen kursierte das Gerücht, Dall' Oglio hätte ein Verhältnis mit Christina Franco, einer stadtbekannten Journalistin.

„Sie müssen mir glauben, Heiligkeit, das ist absoluter Unsinn. Ich habe die Dame einige Male getroffen, das stimmt, aber stets haben sich unsere Gespräche nur um die Bank gedreht." Nach einer kurzen Pause setzte er lächelnd zu: „Zumindest billigt man mir einen ganz guten Geschmack zu."

Leo, der die Dame nicht kannte, konnte das nicht beurteilen, außerdem war ihm nicht nach Scherzen zumute. Wenn jemand ein solches Gerücht streute, und es war bei Gott nicht das einzige Gerücht, das Leo in all den Jahren zu Ohren gekommen war, tat er das üblicherweise mit einer besonderen Absicht. Die Absicht hinter diesem Gerücht war ziemlich klar. Dall' Oglio sollte bei ihm in Ungnade fallen oder zumindest soweit beschädigt werden, dass er nicht mehr gehalten werden konnte. Mit derartigen Spielchen hatte man schon seinen Vorgänger in den Wahnsinn getrieben, doch diesmal würden sich die Herrschaften die Zähne ausbeißen. Dall' Oglio war ohnehin der Einzige, dem Leo moralisch wie fachlich zutraute, die Bank zu führen. Außerdem war er zwar an Aufklärung interessiert, aber dennoch lange genug im Vatikan, um zu wissen, dass es nicht in ihrem Sinn sein konnte, diese Schmutzwäsche in der Öffentlichkeit zu waschen.

„Im Übrigen bitte ich Eure Heiligkeit um besondere Vorsicht, ich fürchte, Sie haben schon wieder in ein Wespennest gestochen", unterbrach Dall' Oglio Leos Gedanken.

„Und zwar?"

„Sie haben mich neulich nach den Konten einer Firma Orlandi gefragt. An Orlandi sind drei Firmen beteiligt, von denen zumindest zwei der Mafia zugerechnet werden. Über die dritte Firma wissen wir bislang wenig, nur dass unser Freund Pinot einer der Zeichnungsberechtigten war."

Leo spürte, wie sich eine gewisse Unruhe in seinem Inneren breitmachte. Dennoch antwortete er würdevoll: „Das wird mich nicht davon abhalten, reinen Tisch zu machen. Letzten Endes müssen wir ohnehin alle sterben. Wissen wir schon, wer hinter dem Decknamen Pinot steht?"

„Leider noch nicht."

Als Dall' Oglio ihn verlassen hatte, ging Leo in die Kapelle. Es stimmte schon, eines Tages würde dieses irdische Leben ein Ende haben und er rechnete fest damit, dass alle Menschen am Ende einen guten Tausch machten. Schließlich erwartete sie das ewige Leben - wie immer man sich das vorstellen mochte. Daran hatte er sein Leben lang geglaubt. Dennoch betete er nun mit aller Inbrunst darum, dass sein irdisches Leben noch ein wenig dauern möge. Er hatte zwar manches erreicht, aber auch so wahnsinnig viel versäumt.

Danach rief er Rinaldo zu sich und erklärte ihm unmissverständlich, dass er sich in Zukunft von der Causa Orlandi fernhalten solle.

„Darf ich fragen, was Eure Heiligkeit dazu veranlasst hat."

„Nein, das dürfen Sie nicht", antwortete Leo. Doch dann setzte er hinzu: „Da Sie es nun aber schon getan haben, will ich es Ihnen verraten: Es ist zu gefährlich. Angeblich ist die Mafia im Spiel."

„Dann lassen wir die Sache fallen?"

„SIE lassen die Sache fallen!"

„Aber, Eure Hei…"

„Das war kein Diskussionsbeitrag. Schicken Sie den Kommandanten zu mir."

***

Als Erika von der Sache erfuhr, musste sie sich erst einmal setzen. Ein Papst, der der Mafia den Kampf ansagt, lebt vermutlich ziemlich gefährlich - seine Umwelt übrigens auch. Sie wusste, dass vor mehr als zwanzig Jahren einige Priester auf bisher ungeklärte Weise gestorben waren, nur weil ein Papst klare Worte über die Mafia gefunden hatte. Danach hatte man das Thema totgeschwiegen. Warum musste ausgerechnet Leo sich nun mit der Mafia anlegen? Heiliger Himmel, er war der oberste Hirte, nicht der oberste Polizist. Es war zum Verrücktwerden!

Leo hatte auch ohne Mafia schon ausreichend Feinde, vor allem unter den Kardinälen der Kurie, die ihrerseits, wie man hörte, eine Menge einflussreicher Freunde hatten.

Rinaldo, der ihr davon erzählt hatte, reichte ihr eben ein Glas Wasser, das sie dankbar entgegennahm. „Roberto, wir müssen darauf achten, dass er nie allein ist."

„Mit Verlaub, das könnte schwierig werden. Vor allem in der Nacht", grinste Rinaldo. Doch als er ihrem besorgten Blick begegnete, setzte er hinzu: „Ich werde mich mit Erzbischof Fuscotti besprechen. Er wird wissen, was zu tun ist."

Erika schüttelte langsam den Kopf: „Das halte ich für keine gute Idee."

„Aber Erika, Sie verdächtigen doch hoffentlich nicht Erzbischof Fuscotti. Ich meine, er ist immerhin der Chef des päpstlichen Haushaltes."

„Ehrlich gesagt, ich weiß es nicht", seufzte Erika. „Außerdem darf ich Sie dran erinnern, Sie selbst haben die Unterlagen über die Stiftungsgelder direkt an Leo gegeben. Warum wohl?"

Rinaldo zuckte verlegen die Schultern.

„Wer ist jetzt bei ihm?" Sie deutete in Richtung der päpstlichen Wohnung.

„Kardinal Rossi, schon seit über einer Stunde. Davor hatte er eine ähnlich lange Unterredung mit dem Kommandanten. Im Gegenzug hat er Erzbischof Nuzzi versetzt."

„Nuzzi? Ist das nicht der Koordinator des päpstlichen Wirtschaftsrates?"

„Derselbe."

„Heiliger Himmel, der war doch davor schon schlecht auf ihn zu sprechen."

„Nun ja, seine Heiligkeit wird sicher gute Gründe gehabt haben."

„Sind Sie sicher, dass Nuzzi das auch so sieht?"

Darauf gab Rinaldo keine Antwort. Erika schloss daraus, dass auch er Zweifel hatte, und beschloss, in ihre Wohnung zu gehen, um sich bis zu ihrem nächsten Termin etwas hinzulegen.

Doch als Fuscotti den Raum betrat, änderte sie ihren Plan, griff sich den nächstbesten Ordner und ging in das angrenzende Büro, das sie sich mit Goldoni teilte.

Draußen hörte sie Fuscotti fragen: „Rinaldo, warum haben Sie mich nicht davon informiert, dass Seine Heiligkeit Unterlagen vermisst hat?"

„Verzeihung Exzellenz, aber der Heilige Vater wollte selbst mit Ihnen darüber sprechen, das hat er ausdrücklich gesagt."

„Ach so, das ist natürlich etwas anderes. Jedenfalls war die ganze Aufregung umsonst. Ich habe die Mappe wohl irrtümlich an mich genommen. Sie lag direkt unter den Unterlagen über den deutschen Bischofssitz, der die Gemüter so sehr erhitzt. Ich habe sie Seiner Heiligkeit eben zurückgegeben. Aber eigentlich bin ich gekommen, um Sie zu fragen, ob man diese Kommentarfunktion in Facebook auch unterdrücken kann."

„Bedauerlicherweise nicht, Exzellenz."

„Dann kommt Facebook für uns nicht in Frage!"

„Typisch", murmelte Erika.

Steirische Überraschungen

Clemens war heilfroh, endlich den Pfarrhof erreicht zu haben. Die Fahrt von Wien ins Mürztal bei dichtem Nebel war anstrengend gewesen, aber sie hatte sich gelohnt.

Am meisten freute ihn die Reaktion seiner Tochter Juliane. „Meinetwegen musst du dich bestimmt nicht outen, ich bin mit meinen zwei Vätern immer gut zurechtgekommen", hatte sie zwinkernd gemeint. „Davon abgesehen fände ich es schon klasse, dieser strukturellen Verlogenheit endlich einmal etwas entgegenzusetzen. Die Sache mit dem Zölibat ist ja sowas von sinnfrei. Überhaupt, dieses ganze Theater um die Pille, um die sich eh kein Schwein schert, das ist sowas von Mittelalter. Also, wenn du meine Unterstützung brauchst, ich bin dabei!"

Felix, sein frisch gebackener Schwiegersohn, seines Zeichens Journalist, hatte ihm dann noch einige sehr wertvolle Tipps gegeben, wie man die Sache medienwirksam aufziehen konnte.

Langsam begann, was Katharina vermutlich aus einer Laune heraus angestoßen hatte, konkrete Formen anzunehmen. Er würde sich outen: Als Vater einer erwachsenen Tochter und als Priester, der sich – einmal mehr – verliebt hatte.

Diesmal würde er sich von niemand dreinreden lassen, schon gar nicht von Leo, auch wenn der nun Papst war. Vor achtundzwanzig Jahren war er Leos Drängen gefolgt und der Kirche treu geblieben, dieses Mal würde er sich selbst treu bleiben.

Als er auf das Pfarrhaus zuging, sah er, dass in seinem Arbeitszimmer noch Licht brannte, vermutlich arbeitete Ulrike noch an seiner Buchhaltung, die sie – ganz schlicht - einen Sauhaufen nannte. Eben ging auch im Flur das Licht an. Vermutlich hatte sie seinen Wagen gehört. Kaum hatte er die wuchtige Eichentüre geöffnet, kam sie ihm auch schon entgegen: „Gott sei Dank, dass du endlich da bist! Ich habe mir schon Sorgen gemacht! Katharina hat gesagt, du bist schon vor zwei Stunden weggefahren."

„Wie schön, dass du mich vermisst hast", grinste er schelmisch und küsste sie auf die Wange. „Die Fahrt war grauslich, aber sie hat sich ausgezahlt. Felix meint ..." Ulrike legte ihm einen Finger auf den Mund. „Hast du Hunger?"

„Ich könnte schon noch etwas vertragen."

„Sehr schön, dann gehst du dich erst einmal frisch machen und ich richte uns ein paar Brote."

Als sie später vor einer Platte mit belegten Broten und einem Glas Wein saßen, erzählte er von seiner Unterredung mit einem Priesterkollegen, der in einer ähnlichen Lage war, von seinem Gespräch mit Juliane und den Ratschlägen, die Felix ihm gegeben hatte.

„Du willst das wirklich durchziehen?"

„Ja. Endgültig und unwiderruflich. Jetzt ist Schluss mit der Heuchelei. Schau, was wollen sie denn mit mir machen? Sie können mich in den Ruhestand schicken – auch gut."

„Aber du liebst doch deinen Beruf, und du bist viel zu vital, um in Pension zu gehen."

„Ich finde schon eine Beschäftigung, mach dir keine Sorgen. Die Kollegen vom Reform-Board wären heilfroh, wenn ich mehr Zeit für unsere Sache hätte. Und was die Pfarre betrifft: Wenn man mich laisiert, was ich gar nicht glaube, schließlich wollen wir ja nicht heiraten, darf ich zwar keine Sakramente mehr spenden, aber ich kann immer noch Bibelrunden abhalten, Diskussionsrunden leiten und Wortgottesdienste feiern, es gäbe eine Menge zu tun."

Ulrike seufzte: „Trotzdem glaube ich, es ist besser, du schläfst noch einmal darüber."

Clemens lachte, angelte sich das letzte Wurstbrot und biss genussvoll hinein. „Ich verspreche dir zu schlafen, ich werde sogar ausgezeichnet schlafen, aber du kannst sicher sein, dass sich an meinem Entschluss nichts ändern wird. Schau, diese ewige Lügerei hat mich immer schon überfordert, und was mich überfordert, macht mich krank – das kann ich mir in meinem Alter nicht mehr leisten. Als ich damals Leos Rat gefolgt bin, und Katharina sich selbst überlassen habe, hatte ich jahrelang gesundheitliche Probleme. Das lasse ich mit mir einfach nicht

mehr machen. Ganz abgesehen davon, was ich meiner Umwelt zuge-
mutet habe."

„Aber für Katharina und Juliane hat sich doch alles zum Guten
gewendet."

„Ja, dank Axel. Eine Zeitlang war ich geneigt zu sagen, der Herr hat
alles so gefügt. Aber ich habe auch Menschen getroffen, die daran zer-
brochen sind. Warum also hätte sich der Herrgott gerade in unserem
Fall besondere Mühe geben sollen?"

*

Clemens machte sich voller Elan an die Vorbereitungen seines Outings. Die Pressekonferenz würde eine Menge Staub aufwirbeln, so viel
war klar, und der Umstand, dass Katharina die Schwester des Papstes
war, wird sich auch nicht verheimlichen lassen. Katharina war das egal,
aber Leo wird vermutlich stinksauer sein. Sollte er Erika informieren?

Er wog alle Für und Wider ab und entschied sich dagegen. Sie wusste
ja von seiner Absicht – außerdem, hatte sie nicht gesagt, die Basis
müsste mehr Druck machen? Na bitte.

Er hoffte insgeheim, dass sich der eine oder andere seiner Kollegen
noch anschließen würde. Betroffene gab es ja genug. Bis dato hatte
allerdings keiner zugesagt. Aber davon ließ er sich nun nicht mehr
aufhalten. Notfalls würde er die Sache auch alleine durchziehen.

Nur Ulrike musste er noch überzeugen, dass es richtig war, endlich
reinen Tisch zu machen - das war ihm wichtig.

Als sie wenig später vor ihm stand, mit dem ausgestellten schwarzen
Rock und dem breiten Taillengürtel, der ihr so gut passte, konnte er
nicht anders, als sie zu küssen.

„Bist du wahnsinnig, wenn uns jemand sieht!", zischte sie.

„Stay cool, wie Juliane sagen würde, nächste Woche weiß es die ganze
Welt."

*

Die Pressekonferenz war ein voller Erfolg gewesen - sagte zumindest Schwiegersohn Felix. Auf sein Anraten hin hatte sie im Café Landtmann stattgefunden. Clemens hatte erst gemeint, es müsste doch auch eine preiswertere Location geben, aber Katharina und Axel waren auch der Ansicht, dass das Landtmann genau der richtige Ort sei.

„Im Übrigen", hatte Axel gesagt, „würde ich gerne die Kosten übernehmen."

„Ausgeschlossen. Wie kämest ausgerechnet du dazu, die Kosten zu tragen?"

Axel hatte nur gelächelt und gemeint: „Mach dir keine Sorgen, das bringt mich schon nicht um. Außerdem war ich der Einzige, der nur Vorteile davon hatte, dass alles so gekommen war."

„Das stimmt zwar nicht ganz", hatte Katharina eingeworfen und Axel mit einem liebevollen Blick bedacht, „aber in einem muss ich Axel recht geben, es bringt ihn wirklich nicht um."

Also war es dabei geblieben.

Am Beginn der Pressekonferenz war Clemens ganz schon nervös gewesen, aber je länger sie dauerte, desto lockerer war er geworden, und danach hatte ihn eine Hochstimmung erfasst, die immer noch anhielt, obwohl in der Zwischenzeit einige Tage vergangen waren und er nun dem Kardinal gegenübersaß.

Der nahm eben seine Brille ab und massierte seine Nasenwurzel. Dann setzte er die Brille wieder auf und sagte bedächtig: „Noch sehe ich gewisse Möglichkeiten, die Sache zu bereinigen, aber wenn Sie sich mit der Kirche anlegen, werden Sie es am Ende möglicherweise bereuen. Es könnte immerhin sein, dass unsere Rechtsabteilung den einen oder anderen Fehler in ihrem Verhalten feststellt. Ich sage nicht, dass das so sein muss, ich will Ihnen nur die Möglichkeit nicht verheimlichen."

„Eminenz scheinen vergessen zu haben, dass die Katze bereits aus dem Sack ist. Soll ich etwa neuerlich vor die Presse treten und sagen: alles gelogen. Ich habe gar keine Tochter, kleiner Irrtum, kann doch mal vorkommen. Ich bin auch gar nicht verliebt. Leute, vergesst das einfach!"

Die Züge des Kardinals nahmen einen etwas verbissenen Zug an, doch sein Ton blieb sanft, als er sagte: „Nun, ein Großteil der Priester hat Frauenfreundschaften – das ist dem Vatikan durchaus bekannt."

„Ich weiß, und solange wir lügen und die Klappe halten, ist alles in Ordnung?"

Der Kardinal war aufgestanden, um den Schreibtisch gegangen und vor Clemens stehen geblieben. „Was genau wollen Sie eigentlich?" Er stand vor Clemens und sah auf ihn herab wie auf einen bockigen Schüler. Clemens stand ebenfalls auf. Sie waren etwa gleich groß und standen sich nun wie zwei Kampfhähne gegenüber. „Ich möchte zu meinem Leben stehen, meine Meinung sagen und dennoch meinen Job machen dürfen."

„Darin sehe ich, ehrlich gesagt, ein gewisses Problem und ich gehe vorerst einmal nicht davon aus, dass der Heilige Vater das wesentlich anders sehen wird."

„Und wenn er es anders sähe?"

Clemens vermeinte, ein gewisses Erschrecken im Gesicht des Kardinals zu erkennen. War das etwa seine Chance? Wenn Leo dem Kardinal auch nur den geringsten Wink geben würde, würde der möglicherweise seinen Standpunkt ändern. Aber konnte er von Leo Derartiges erwarten?

Clemens warf sich in die Brust: „Eminenz waren erstaunlich offen, also werde ich es auch sein. Ich würde, wie gesagt, sehr gerne weiterhin Priester und Teil dieser Kirche sein. Aber wenn ich sie verlassen müsste, dann würde ich mich nicht leise davonschleichen. Ich würde kämpfen, und ich werde sicher nicht verabsäumen, die Öffentlichkeit vom Fortgang der Dinge zu informieren. Mein Schwiegersohn ist Journalist, der weiß, wie so etwas geht!"

Wenige Minuten später stand Clemens auf dem Stephansplatz und atmete die kalte Novemberluft ein. Sollte er ein Taxi nehmen? Besser nicht, er brauchte jetzt Bewegung.

Vatikanische Machenschaften, die Vierte

„Hast du schon gehört", fragte Massimo. „Leo hat angeordnet, dass sein Leichnam jedenfalls obduziert werden muss, egal wie und wann er stirbt."

Sein Begleiter war abrupt stehen geblieben. „Müsste er eine so grundlegende Änderung nicht erst mit uns besprechen?"

„Sollte er wohl, muss er aber nicht. Die Kirche ist schließlich keine Demokratie, wie du selbst letzthin so treffend formuliert hast."

Die beiden setzen sich wieder in Bewegung, jeder in seine Gedanken vertieft. Nach einigen Schritten fuhr Massimo fort: „Außerdem wird er neuerdings Tag und Nacht bewacht."

Sein Begleiter nickte: „Es ist ein Jammertal. Ein neuerliches Konzil würde all unsere bisherigen Erfolge und Bemühungen zunichtemachen."

„Wir dürfen es nicht zulassen. Wir dürfen einfach nicht zulassen, dass an den Grundfesten unseres Glaubens gerüttelt wird. Was Sünde ist, muss Sünde bleiben!"

„Richtig. Leo hat ohnehin nicht allzu viele Freunde unter uns Kardinälen. Selbst Rossi war neulich gegen ihn."

„Aber nur, weil ihm seine Reformen nicht weit genug gingen. Vergiss Rossi, er ist ein alter Esel und beim nächsten Konklave gar nicht mehr stimmberechtigt."

„Richtig, und deshalb wird die Mehrheit diesmal für mich stimmen."

„Gemach, gemach, lieber Freund. So weit sind wir noch lange nicht. Vielleicht müssen wir uns fürs Erste damit begnügen, dieses Weib loszuwerden. Sie ist doch an allem schuld - und sie wird weder bewacht noch obduziert."

Neue Freunde

Dank Katharinas Anruf ahnte Erika bereits, was sie erwarten würde, als sie in Leos Arbeitszimmer eilte. Als sie eintrat, erhob sich Fuscotti mit einem Lächeln und rückte ihr den zweiten Besuchersessel zurecht.

Leo sah blass aus, seine Gesichtszüge wirkten verkniffen. Wortlos überreichte er ihr ein Exemplar des Kuriers.

„Wusstest du davon?", fragte er knapp.

Sie überflog den Artikel, ehe sie antwortete: „Dass sich Clemens verliebt hat, habe ich gewusst, allerdings nicht, dass er damit an die Öffentlichkeit gehen würde."

Wie gut, dass Clemens klug genug war, mich nicht im Detail zu informieren, dachte Erika. Laut sagte sie: „Die Basis wird ungeduldig, ganz wie ich es vorausgesagt habe."

„Aber verehrte gnädige Frau, die Kirche bewegt sich doch auf die Basis zu. Haben Sie das Ihren Freunden bei Ihrem letzten Wien-Besuch nicht kommuniziert?"

„Was genau hätte ich denn kommunizieren sollen? Es gibt bisher nicht den geringsten Hauch eines Ergebnisses. Nein Exzellenz, wir bewegen uns nicht auf die Basis zu, wir bewegen uns im Kreis – aber das führt ja bekanntlich nirgendwohin."

„Nun, unsere Kirche denkt in Jahrhunderten, da haben ein paar Monate oder Jahre keine besondere Bedeutung", entgegnete Fuscotti salbungsvoll.

„Für die Menschen da draußen aber schon, sie leben ja bekanntlich nicht ewig." An Leo gewandt fügte sie hinzu: „Clemens ist in unserem Alter, er hat nicht mehr alle Zeit der Welt."

„Das ist noch lange kein Grund, uns dermaßen in den Rücken zu fallen", murrte seine Heiligkeit.

„Wie werden wir jetzt vorgehen?", fragte Fuscotti.

Erika versuchte Leos Blick einzufangen, doch der hielt seine Augen auf den Artikel gerichtet und sagte mehr zu sich selbst: „Er sei dieses

Bekenntnis den Menschen seiner Umgebung schuldig gewesen. Was für ein hanebüchener Unsinn!"

„Ihr Freund scheint mir, wenn ich mir diese Bemerkung gestatten darf, ein Mann von einfacher Intelligenz", warf Fuscotti ein. „Einfache Intelligenz", schnappte Erika. „Was genau habe ich mir darunter vorzustellen? Sie kennen ihn doch gar nicht! Und überhaupt, welche Intelligenz würden Sie denn mir zubilligen? Eine doppelte?"

„Eine vielfache", erwiderte Fuscotti geschmeidig und begleitete seine Worte erneut mit jenem Lächeln, mit dem er schon so viele Herzen gewonnen hatte. Erikas Herz blieb ungerührt, dafür stieg ihr Blutdruck.

Endlich schien Leo ihren Blick bemerkt zu haben, er verabschiedete Fuscotti und bat sie, noch einen Moment zu bleiben. Kaum hatte der Erzbischof die Tür hinter sich geschlossen, sagte sie: „Im Grunde genommen müssen wir Clemens dankbar sein. Wir haben uns doch mehr Unterstützung der Basis gewünscht!"

„Das nennst du Unterstützung? Wetten, dass schon morgen alle Welt weiß, wer die Mutter von Clemens' Tochter ist?" Leo war aufgestanden und sah aus dem Fenster. Erika war neben ihn getreten. Auf dem Petersplatz wurden die ersten Vorbereitungen für die Aufstellung des Christbaumes getroffen. Im Vorjahr war sie über die Weihnachtsfeiertage nach Wien geflogen, diesmal würde sie hier bleiben, bei ihm.

„Kannst du Clemens denn gar nicht verstehen?", fragte sie leise. Es dauerte eine Weile, ehe er antwortete: „Doch, schon, aber das hilft uns ja nicht weiter. Was wir brauchen, ist eine Brücke zwischen der Lehre und dem Leben der Menschen."

Sie nickte: „Wohl wahr, aber wenn das Leben und die Lehre nicht zusammenfinden, dann sollte man doch das Problem nicht bei den Menschen zu suchen."

***

„Gott zum Gruße, lieber Kardinal!"

„Eure Heiligkeit scheinen heute besonders gute Laune zu haben", entgegnete Kardinal Rossi. „Gibt es dafür einen besonderen Grund?"

„Leider nicht, wenn man davon absieht, dass wir beide das heutige Mittagessen alleine einnehmen werden. Calvi hat abgesagt, er sei bedauerlicherweise nicht abkömmlich, Fuscotti ist auf dem Weg nach Deutschland und Nuzzi steckt auch irgendwo fest."

„Und unsere charmante Frau Professor?"

„Hat andere Verpflichtungen", murmelte Leo und fühlte sich wie ein ertappter Primaner.

„Sehr bedauerlich", entgegnete Rossi lächelnd. Eine Weile herrschte Stille, dann setzte Rossi hinzu: „Ich schätze Frau Professor Wagner wirklich sehr. Für vatikanische Begriffe ist sie erfrischend unkonventionell."

„Was wollen Sie damit sagen?"

„Ich will damit erstens sagen, dass man sie anderswo möglicherweise für durchaus angepasst halten könnte, und ich will zweitens damit sagen, dass ich Eure Heiligkeit ein klein wenig beneide."

Leos Blick war eisig, als er sagte: „Ich hoffe, Sie glauben nicht, was man sich möglicherweise erzählen könnte."

„Kein Wort, Heiligkeit."

Leo entspannte sich. „Zu erstens: Wissen Sie, dass sie das Verbot der Empfängnisverhütung ebenso ablehnt wie den Zölibat und Priesterinnen für möglich hält?"

„So schlimm?", lächelte Rossi.

Das Gespräch wurde kurz unterbrochen, da Schwester Agatha die Suppe auftrug. Es gab Minestrone, auf der Rossi großzügig frisch geriebenen Parmesan verteilte. Sobald Agatha den Raum verlassen hatte, fuhr Rossi fort: „Um auf zweitens zurückzukommen. Ich glaube, wir sind beide lange genug im Vatikan, um zu verstehen, was man mit derartigen Unterstellungen erreichen will. Ich kann Sie nur bitten, Ihren Weg unbeirrt weiterzugehen, weil wir andernfalls, wie ich fürchte, auf eine Spaltung zutreiben."

„Sie meinen, dass sich die Reformer abspalten?"

„Schlimmer, ich fürchte, dass sich die Basis von der Kommandozentrale abspalten könnte."

„Eine kühne Vision", lächelte Leo. „Aber seien Sie unbesorgt. Ich habe ohnehin nicht vor, mich aufhalten zu lassen. Allerdings stellt sich mir seit einiger Zeit die Frage, ob das vatikanische System nicht schon derart verfilzt ist, dass man sich selbst als Papst nicht mehr durchsetzen kann."

„Diese Frage ist bedauerlicherweise nicht ganz unberechtigt. Allerdings kann ein Papst, der sich beraten lässt, schon als gutes Zeichen gesehen werden, dass sich die Kirche erneuern kann – wenn sie es will. Und solange die Kollegen der Kurie damit beschäftigt sind, sich darüber das Maul zu zerreißen, dass Eure Heiligkeit in weiblicher Begleitung durch die Vatikanischen Gärten spazieren, oder uns auffordern, ehrlich unsere Meinung zu sagen, sind sie möglicherweise daran gehindert, sonstigen Schaden anzurichten."

„Welch trauriges Bild Sie von uns allen zeichnen."

„Nicht von allen, aber von vielen. Gestatten Sie mir ein offenes Wort?"

„Nur zu."

„Eure Heiligkeit braucht einen ganz anderen Beraterstab, um den Einfluss der Kurie zurückzudrängen."

Leo lächelte. „Sie selbst sind Teil der Kurie."

„Deshalb weiß ich ja auch, wovon ich rede. Die Kurie sollte zwar nichts anderes sein als ein nützliches Werkzeug, leider hat sie sich über die Jahrhunderte zu einer Art Oberkommando gemausert. Dem müssen Sie entgegenwirken - und die Frau Professor ist ein guter Anfang. Dennoch brauchen Sie breitere Unterstützung, auch von der Basis."

„Das sagt Erika auch. Sie ist der Meinung, man müsste den Ortskirchen mehr Kompetenzen einräumen."

„Ich weiß, und ich gebe ihr recht. Allerdings müssen Eure Heiligkeit bedenken, dass derartige Äußerungen bei manchen der Herren die kuriosesten Verlustängste schüren – das könnte gefährlich werden."

„Ich werde Tag und Nacht bewacht. Das ist zwar ein wenig lästig, aber man gewöhnt sich daran."

„Und Frau Professor Wagner?"

„Sie glauben doch nicht im Ernst", Leo schnappte nach Luft, „dass einer unserer Purpurträger ihr Gewalt antun könnte?"

„Ach, die Herren werden sich die vornehmen Hände schon nicht schmutzig machen, aber sie haben gute Verbindungen – und Geld haben sie meist auch."

Leo fühlte, wie sein Magen zu rebellieren begann. Er versuchte, ruhig ein- und auszuatmen.

„Fühlen Sie sich nicht wohl, Heiligkeit?"

Schwester Agatha betrat eben den Raum, um den Hauptgang aufzutragen. Seezunge mit Kartoffelpüree. Leo bat um eine Tasse Kamillentee.

„Sehr gern. Haben die Herren sonst noch Wünsche?"

„Ja, bringen Sie uns einen ordentlichen Rotwein", ordnete Kardinal Rossi an.

Nachdem Agatha beides vor sie hingestellt hatte, sagte Leo: „Sie wollen mich also zu Rotwein verleiten? Vielleicht ist das heute gar keine so schlechte Idee." Er schenkte ein, sie stießen an und Leo fügte hinzu: „Ich brauche Freunde, lieber Rossi, Männer wie Sie!"

„Sehr gerne, Eure Heiligkeit. Würden Sie mir die Freude machen, mich Lorenzo zu nennen?"

„Mit dem größten Vergnügen, wenn Sie Leo zu mir sagen."

Nachdem die Freundschaft solchermaßen besiegelt war, sagte Leo: „Du hast mir einen gehörigen Schrecken eingejagt."

„Ich hoffe sehr, dass ich übertreibe, aber du musst zugeben, dass die Gefahr besteht."

Leo nickte. „Ich mache mir die allergrößten Vorwürfe, nicht selbst daran gedacht zu haben."

Im Vatikan hängt der Haussegen schief

„Was werfen Eure Heiligkeit Fuscotti denn vor?", fragte Benetti, der Kardinal-Staatssekretär. Leo fand, dass es nicht wie eine Frage geklungen, eher wie eine Kampfansage.

„Sie werden zugeben müssen, dass seine Aussagen wenig hilfreich waren", antwortete Leo und zitierte aus der Zeitung: „Prunk ist etwas Relatives!"

„Alles im Leben ist relativ", antwortete Benetti.

„Aber nicht im Angesicht eines Koi-Karpfen-Beckens in einer bischöflichen Residenz!", entgegnete Leo eisig.

Er mochte den Kardinal-Staatssekretär nicht besonders. Die Abneigung beruhte übrigens auf Gegenseitigkeit, und das nicht erst, seit Benetti beim Konklave einer der aussichtsreichsten Kandidaten gewesen war.

„Ich gebe ja gerne zu, dass die Koi-Karpfen etwas übertrieben waren", nahm Benetti den Gesprächsfaden wieder auf, „aber im Grunde hat Fuscotti recht. Die Kirche darf sich nicht von außen kontrollieren lassen. Sie bestimmt die Gesetze ihrer Kommunikation und Entscheidungsgewalt selbst."

„Was aber nicht inkludiert, dass wir Wasser predigen und teuren Wein trinken sollten", entgegnete Leo. Den Hinweis mit dem teuren Wein hatte er sich leider nicht verkneifen können. Benetti war bekannt dafür, nur die teuersten und edelsten Tropfen zu trinken. Leo verlangte bestimmt von niemand, billigen Fusel zu trinken, aber Weine, die selbst im vatikanischen Supermarkt mehrere hundert Euro kosteten, fand er dekadent und im höchsten Maße unangemessen. Da Benetti diese Ausgaben jedoch aus seiner Privatschatulle bestritt, die gut gefüllt war, konnte Leo nicht viel dagegen tun – außer eben, gelegentlich eine bösartige Bemerkung einzustreuen. Aber darum ging es gar nicht. Fuscotti hatte während seiner Deutschland-Reise Interviews gegeben, die voll von unseligen Aussagen waren. Dazu gab es noch einiges zu sagen.

„Und hier", fuhr Leo fort. „Er könne keine Schräglage erkennen. Also, wenn dieses verdammte Fischbecken, eine Baukostenüberschreitung um nahezu hundert Prozent und eine Badewanne für zwanzigtausend Euro keine Schräglage sind, dann weiß ich auch nicht." Benetti schwieg.

Leo beendete das Gespräch – es war ohnehin sinnlos. Über die Stelle, an der Fuscotti gesagt hatte, man würde ihn, Leo, für moderne Ideen missbrauchen, wollte er gar nicht erst reden. Benetti war ohnehin Fuscottis Meinung, und selbst wenn er es nicht sein sollte, würde er es niemals zugeben.

Kaum war Benetti gegangen, kam Rinaldo mit den Tageszeitungen.

„Neuigkeiten?", fragte Leo kurz angebunden, schließlich wollte er an seiner Weihnachtspredigt arbeiten.

Rinaldo nickte. „Ich fürchte allerdings, auch die heutigen Schlagzeilen werden Eure Heiligkeit nicht sonderlich erfreuen."

„Was hat der ehrwürdige Erzbischof auf seiner Deutschland-Reise denn nun wieder von sich gegeben?"

Rinaldo grinste. „Die schlechten Nachrichten kommen diesmal aus Österreich. Zwei weitere Priester haben sich geoutet, Frau und Kinder zu haben. Einer von ihnen scheint ein ziemlich prominenter Mann zu sein, er hat offenbar mehrere Bücher veröffentlicht. Manche dürften allerdings etwas provokant gewesen sein."

Leo warf einen Blick in die Zeitung und murmelte: „Max, natürlich, das war ja zu erwarten."

„Sie kennen den Herrn?"

„Leider."

Max Zehetmayer, nunmehr Professor Max Zehetmayer, hatte ihm schon mehr als einmal die Laune verdorben – und das nicht nur wegen seiner theologischen Ideen und Schriften.

Da Leo weiter nichts sagte, verbeugte sich Rinaldo und machte Anstalten, das Arbeitszimmer zu verlassen.

„Sagen Sie, Rinaldo, was halten Sie eigentlich von diesen öffentlichen Beichten oder Outings, wie man das neuerdings nennt."

Rinaldo kam zum Schreibtisch zurück und Leo bedeutete ihm, Platz zu nehmen.

„Wenn ich ehrlich sein darf …", begann Rinaldo zögernd.

„Natürlich sollen Sie ehrlich sein. Sonst bräuchte ich Sie erst gar nicht zu fragen!"

Rinaldo atmetet tief durch, dann sagte er rasch: „Ich fürchte, wenn man nicht bereit ist, die Zugänge zum Priesteramt zu verändern, wird es bald einen beachtlichen Priestermangel geben."

Leo winkte ab. „Das ist bekannt. Aber wie steht's mit Ihnen? Im Gegensatz zu den meisten hier sind sie noch jung genug, um von einer eventuellen Veränderung zu profitieren."

Rinaldo errötete. „Wie darf ich diese Frage verstehen?"

„Sie verstehen sie schon."

„Selbstverständlich halte ich mich an die Vorgaben, die die Kirche mir abverlangt."

„Das ist ja sehr erfreulich, aber was, wenn diese Vorgaben sich ändern würden?"

„Das, Eure Heiligkeit, wäre zu schön, um wahr zu sein", antwortete Rinaldo leicht errötend.

„Hätte ihre Freude einen konkreten Grund oder wäre sie eher allgemeiner Natur?"

Rinaldos zarte Gesichtsröte wechselte in dunkles Rot. „Nun, wie soll ich sagen, es ist nicht so, dass ich, also ich meine …", stotterte Rinaldo.

Sieh an, der gute Monsignore. Leo versuchte ein Lächeln zu unterdrücken, ehe er sagte: „Also wäre sie konkret. Danke. Noch eine Frage. Was wissen Sie über die Stiftung der Madonna von Lourdes?"

Rinaldo dachte kurz nach, dann schüttelte er den Kopf: „Nie gehört."

„Sind Sie sicher?"

„Ganz sicher."

Als Rinaldo gegangen war, versuchte Leo sich auf die Weihnachtspredigt zu konzentrieren, aber es wollte ihm nicht recht gelingen, zu viele unterschiedliche Gedanken gingen ihm durch den Kopf. Da war Max, mit seinem unverschämten Lachen und seiner großen Klappe, der sich nie um Vorschriften geschert und immer nur getan hatte, was er wollte. Da war der Monsignore, der offensichtlich auch eine zarte Neigung zu einer jungen Frau hatte – zumindest hoffte Leo, dass es sich um eine JUNGE Frau handelte, denn es war ihm nicht entgangen, dass Erikas Worte für Rinaldo Gesetz zu sein schienen –, und da war er selbst. Noch nicht alt genug, um die Hände in den Schoß zu legen, aber auch nicht mehr jung genug, um … ja, was wohl … um sein Leben zu verändern? Schwachsinn. Er war nicht irgendein kleiner Landpfarrer, er war der oberste Hirte – daran gab's nichts zu verändern.

Schließlich stand er auf und wanderte durchs Zimmer. Als er jung war, wollte er vor allem Priester sein, später wollte er Karriere machen, jetzt war er am Ziel. Woher plötzlich dieses Gefühl, er hätte in seinem Leben etwas ganz Wesentliches versäumt? Himmel, er war der Papst!

*

Fuscotti nahm einen Schluck aus der vor ihm stehenden Mokkatasse, dann sagte er: „Natürlich weiß ich, dass es Eurer Heiligkeit wichtig ist, Zeichen zu setzen, aber ich habe mich auch bemüht, bei den Menschen keine Hoffnungen zu wecken, die wir später nicht erfüllen können." Da er erst vor Kurzem aus Deutschland zurückgekehrt war, trug er noch einen grauen Anzug, was selten vorkam.

Leo spürte Ungeduld in sich hochsteigen, dennoch wählte er seine Worte mit Bedacht. „Mein lieber Fuscotti, kann es sein, dass Sie mich bisher falsch verstanden haben? Es geht mir nicht ausschließlich darum, Zeichen zu setzen, manche Dinge müssen schon auch verändert werden."

„Ich hege, wie viele andere, allerdings die Befürchtung, dass jegliche Abkehr vom Bisherigen eine Flut von weiterführenden Veränderungen nach sich ziehen könnte. Veränderungen, die auch Eure Heiligkeit nicht im Entferntesten beabsichtigen."

Woher glaubt er eigentlich zu wissen, was ich beabsichtige, fragte sich Leo. Fuscotti zählte nicht gerade zu seinen engsten Vertrauten, er hatte ihn einfach von seinem Vorgänger übernommen. Das war wahrscheinlich ein Fehler gewesen. Laut sagte er: „Ihre Befürchtungen in allen Ehren, aber wenn Sie mich zukünftig zitieren, dann tun Sie es doch vollständig und richtig. Im Übrigen habe ich Sie nicht nach Deutschland geschickt, um meine Worte zu interpretieren, sondern um die Sache mit diesem überteuerten Bischofssitz endlich zu einem Ende zu bringen."

Fuscotti war nicht anzusehen, ob er diesen Themenwechsel begrüßte. Diensteifrig berichtete er über den Baufortschritt, die Kontrolle der vorgelegten Rechnungen und die Vorzüge eines beheizbaren Kreuzgangs, der letztendlich doch allen Besuchern zugutekäme.

„Ganz im Gegensatz zur Badewanne", ergänzte Rinaldo, der eben eingetreten war.

„Sparen Sie sich Ihren Sarkasmus", schnauzte Fuscotti ihn an.

Als Leo später Erika von diesem Intermezzo erzählte, lachte sie schallend. „Armer Roberto, sicher wird Fuscotti ihn dafür wieder piesacken."

„Kann es sein, dass du parteiisch bist?"

„Das kann sehr gut sein. Apropos, hast du Roberto nach der Stiftung der Madonna von Lourdes gefragt?"

„Allerdings."

$$***$$

Erika befürchtete schon länger, dass Leos Handy abgehört werden könnte. Der Kommandant der päpstlichen Gendarmerie meinte zwar, das wäre technisch unmöglich, aber Erika fand, wenn es möglich war, das Handy der deutschen Kanzlerin abzuhören, könnte es doch auch möglich sein, Leos Handy abzuhören.

Als Kardinal Calvi sie nach der letzten Sitzung auf die Stiftung der Madonna von Lourdes ansprach, wurde ihr schlagartig klar, dass nicht nur Leos Telefone, sondern auch sein Arbeitszimmer abgehört wurde, möglicherweise sogar das ganze Appartamento.

Leo hatte etwas Ähnliches bereits vermutet, daher die Frage nach einer Stiftung, die es nicht gab. Was es jedoch gab, waren Konten, die auf die Stiftung lauteten und auf denen sich achtzig Millionen Euro befanden. Doch außer dem Präsident der Vatikanbank, Leo und ihr selbst sollte eigentlich niemand davon wissen. Auf keinen Fall Calvi.

Was sollte sie jetzt tun? Leo würde erst übermorgen wieder in den Vatikan zurückkehren, bis dahin konnte vermutlich nicht viel passieren. Sollte sie den Kommandanten verständigen? Das wäre wohl korrekt, aber irgendetwas in ihr sperrte sich dagegen. Der Einzige, dem sie vertraute, war Roberto, doch der war auch nicht in seinem Büro. Nun gut, dann eben später.

Doch auch nach einer Stunde konnte sie Roberto nicht antreffen und eine weitere Stunde später kam die Nachricht, dass Monsignore Rinaldo einen Autounfall erlitten hatte und mit Verletzungen unbestimmten Grades ins Spital eingeliefert worden war.

Vatikanische Machenschaften, die Fünfte

Als Massimo jung war, wurden die Messen noch in lateinischer Sprache gehalten. So gehörte es sich auch, fand Massimo, Konzil hin oder her.

„Die Messfeier ist ein Mysterium, die das einfach Volk, mit seinem armseligen Verstand, ohnehin nie und nimmer begreifen wird, egal in welcher Sprache", pflegte er zu sagen.

Je länger eine Messe dauerte und je mehr Weihrauch dabei verwendet wurde, desto lieber war es ihm. Danach gönnte er sich gerne ein üppiges Mahl und ein gutes Glas Rotwein.

„Den müsst ihr kosten. Ein edler Tropfen", sagte er eben zu seinen beiden Konzelebranten.

„Ich bewundere deinen Appetit", sagte sein Gegenüber säuerlich. „Was mich betrifft, so hat mir die gestrige Ankündigung des Heiligen Vaters den selbigen gründlich verdorben."

„Diese Gänsebrust solltest du dennoch versuchen, sie schmeckt ganz vorzüglich. Im Übrigen muss ich dir recht geben. Wir brauchen einen neuen Papst!"

„Wie bekannt sein dürfte, lässt sich das nicht ganz so einfach bewerkstelligen", mischte sich nun auch der dritte im Bunde ein. „Übrigens wird dieses Weib neuerdings auch bewacht."

„Sagtest du nicht, der Kommandant der Gendarmerie sei dir noch einen Gefallen schuldig?", fragte Massimo.

„Schon, allerdings scheint er nicht bereit zu sein, seine Schuld einzulösen, zumindest nicht freiwillig."

„Wird Zeit, dass dein Schwager endlich aktiv wird. Er hilft uns doch?"

„Schon, allerdings nur gegen Geld."

„Daran wird es nicht scheitern. Unsere Kriegskasse ist gut gefüllt. Ein drittes Konzil muss um jeden Preis verhindert werden. Es war ja schon das zweite ein Desaster!"

„Ganz deiner Meinung, aber wir dürfen uns nicht allzu sehr auf das Konzil konzentrieren. Leo eröffnet eine Diskussion nach der anderen, die Medien schnappen gierig danach. Einmal ist es der Zölibat, den er plötzlich

als nicht zwingend notwendig erachtet, dann die Empfängnisverhütung, die
angeblich immer schon umstritten war, und neulich hat er sich sogar dazu
verstiegen zu behaupten, dass er sich durchaus auch Frauen in Weiheämtern
vorstellen könnte."

„Wer daran schuld ist, ist ja klar!", polterte Massimo.

Seine Konzelebranten nickten zustimmend.

„Freunde, ich sage euch, unsere Zeit ist gekommen! Denn wenn so eine
Sache erstmal ins Rollen kommt, bekommt sie eine Eigendynamik, die sich
nur noch schwer kontrollieren lässt. Wir müssen rasch handeln."

Steirisches Ungemach

Wer immer das zusammengeschustert hat, hat eindeutig ein Problem mit der Rechtschreibung und außerdem zu viele Krimis gesehen, dachte Clemens, während er die drei Zettel mit den aufgeklebten Buchstaben, die Ulrike in den letzten Tagen in ihrem Postkasten gefunden hatte, vor sich ausbreitete.

Auf dem ersten stand:

Lass unserem Pfarrer in Ruhe du Schlampe.

Auf dem zweiten war zu lesen:

Hure! Seid dem Paradis sind die Weiber an allem schuld!

Ulrike hatte recht, der Verfasser dürfte wohl eher ein Mann sein. Verrückte gab es ja genug, aber der hier hatte scheinbar ein Interesse daran, dass Ulrike ging und Clemens blieb – und genau darauf konnte er sich keinen Reim machen.

Die meisten Gemeindemitglieder standen auf seiner Seite, ein paar wenige hatten versucht ihm ins Gewissen zu reden, aber niemand hatte ihn offen angefeindet. Anders bei Ulrike. Offenbar gab man ihr die Schuld an seinem öffentlichen Bekenntnis. Was für ein unbeschreiblicher Unsinn! Daran hatte er nun wirklich nicht gedacht.

Auf dem dritten Blatt war zu lesen:

Verschwiende, du Hure!

Er hatte Ulrike vorgeschlagen, die Blätter der Polizei zu übergeben, aber sie hatte nur gesagt: „Ich stelle mich mit diesem Idioten doch nicht auf eine Stufe!"

War das nun klug oder unvorsichtig? Jedenfalls hatte er sie in diese Situation gebracht, Scheibenkleister!

In der Zwischenzeit hatten sich einige weitere Priester zu ihren Kindern und Frauen bekannt. Immerhin. Einen kannte er persönlich. Max Zehetmayer galt seit Jahren als Enfant terrible unter den Klerikern, deshalb waren ihm auch die höheren Weihen versagt geblieben, obwohl seine Karriere anfangs steil bergauf gegangen war. Aber nachdem er sein erstes Buch veröffentlich hatte, wurde er in eine kleine Landpfarre versetzt, nach dem zweiten hat man ihn an die tschechische Grenze geschickt, auf das dritte hatte man dann nicht mehr reagiert. Schade eigentlich, hatte Max einmal gesagt, denn nach jeder Versetzung haben sich die Bücher nur noch besser verkauft.

Im Waldviertel hatte Max dann seine große Liebe gefunden. Noch dazu eine, die sich nicht hinter dem kirchlichen Herd versteckte, sondern als Unternehmerin ziemlich erfolgreich war. Die beiden hatten zwei gemeinsame Kinder, die in der Zwischenzeit bereits studierten. Max hatte das Kunststück zuwege gebracht, beides zu haben: sein kirchliches Amt und Familie. Chapeau!

Clemens starrte immer noch auf die vor ihm liegenden Blätter. Wie sein Leben wohl ausgesehen hätte, wenn er sich damals von Leo nicht hätte überreden lassen, das Weite zu suchen und Katharina im Stich zu lassen?

Nun gut, er hatte dafür bezahlt und er hatte daraus gelernt. Ulrike würde er nicht im Stich lassen, niemals. Ganz im Gegenteil. Vielleicht war jetzt der Zeitpunkt gekommen, um Farbe zu bekennen. Ja, er war gerne Priester und sicher auch kein schlechter. Aber er war auch ein Mann – wenn er auch lange versucht hatte, diesen Teil seiner Person auszuklammern, zu unterdrücken. Aber Unterdrückung hatte ja noch selten Gutes gebracht. Vielleicht sollte er um Versetzung ansuchen, irgendwo ganz neu anfangen – gemeinsam mit Ulrike.

Er hatte so lange Zeit auf Liebe und Partnerschaft verzichtet. Vielleicht konnte auch er beides haben – zumindest ein paar Jahre noch. Es würde ihm nicht leicht fallen, diese Pfarre zu verlassen, er hatte viele Freunde hier, aber für ein Leben mit Ulrike würde er es tun.

Doch als er ihr beim gemeinsamen Abendessen diesen Vorschlag unterbreitete, antwortete sie nur: „Wir lassen uns doch nicht vertreiben!"

„Aber anderswo könnten wir möglicherweise viel freier zusammenleben. Möchtest du das denn nicht?"

„Natürlich möchte ich mit dir zusammen sein. Aber ich habe immer hier gelebt, und du bist doch auch schon mehr als zwanzig Jahre ein Teil dieser Gemeinde. Wir haben doch nichts verbrochen – wir bleiben!"

Clemens betrachtete das Flackern der Kerze und schwankte zwischen Enttäuschung und Erleichterung. Nach einer Weile sagte er: „Wir müssen das auch nicht gleich entscheiden. Aber wenn du eines Tages das Gefühl hast, dass das alles hier zu viel für dich wird, dann sagst du es mir – einverstanden?"

„Einverstanden", antwortete sie und gab ihm einen Kuss. Clemens hätte das gerne noch vertieft, doch sie machte sich lachend frei und sagte: „Alles zu seiner Zeit! Es gibt da noch etwas, das wir rasch entscheiden sollten. Katharinas Einladung."

Clemens seufzte. Katharina hatte ihn, wie jedes Jahr, zum Christtags-Schmaus eingeladen, der extra immer etwas später stattfand, damit er ausreichend Zeit hatte, nach dem Festgottesdienst nach Wien zu fahren. Bisher hatte er das immer sehr gerne getan, aber diesmal würde er - mit Rücksicht auf Ulrike – wohl besser absagen, obwohl Katharina, ganz selbstverständlich, Ulrike miteingeladen hatte.

„Sie schreibt, das hat schon eine lange Tradition", hakte Ulrike nach.

„Schon, aber deswegen müssen wir es ja nicht ewig so weitermachen. Wir haben das so eingeführt, als Juliane eingeschult wurde. Ostern, Weihnachten und Geburtstag. Damit ich meine Tochter wenigstens ab und zu einmal zu Gesicht bekam. Aber nun ist Juliane verheiratet und wir beide können es uns auch hier gemütlich machen. Vielleicht möchtest du ja auch mit deinem Sohn feiern."

„Möchte ich schon, aber Berlin ist leider nicht um die Ecke. Außerdem hat er als unverheirateter Jungarzt zu den Feiertagen sowieso Dienst. Wir sehen ihn ja dann im Februar, wenn er zum Schifahren kommt. Von mir aus können wir Katharinas Einladung gerne annehmen."

„Wirklich? Bist du ganz sicher, dass es dir nichts ausmacht? Ich meine ...

„Ganz sicher."

„Du bist die beste, großherzigste und vernünftigste Frau, die ich kenne", rief Clemens und griff zum Telefon.

Weihnacht überall

Katharina liebte Weihnachten. Das Haus hatte sie schon am ersten Adventwochenende weihnachtlich geschmückt, der riesige Tannenbaum, diesmal in Creme und Gold gehalten, gab dem ganzen nun den letzten Schliff.

Den Heiligen Abend hatten sie heuer erstmals bei Julianes Schwiegereltern gefeiert. Sie hatten es mit Anstand hinter sich gebracht, aber der Christtag war ihr Tag!

Während Axel den Aperitif servierte, erzählte sie launig von einem Telefonat mit Erika, das sie kurz vor Weihnachten geführt hatte. „Da unten scheint es drunter und drüber zu gehen. Stellt euch vor, Leos gesamte Wohnung wurde abgehört. Überall Wanzen, sogar im Schlafzimmer! Axel und ich werden übermorgen für ein paar Tage hinunterfliegen, schon um Leo von dieser Zwiebel-Unverträglichkeit zu befreien."

„Wie machst du das?", fragte Ulrike interessiert.

„Das willst du jetzt nicht wissen", unterbrach Axel und prostete ihnen zu. Nach einem kräftigen Schluck setzte er hinzu: „Nicht dass es uninteressant wäre, aber ich fürchte, unser Truthahn könnte das übel nehmen."

„Na gut, dann erzähle ich es dir nachher und sehe jetzt nach dem Essen", antwortete Katharina und machte sich auf den Weg in die Küche. Juliane folgte ihr und kam bald mit der Suppenterrine wieder.

Während sie das köstliche Maronisüppchen löffelten, das Katharina zur Feier des Tages mit etwas Whiskey verfeinert hatte, und im Hintergrund die Wiener Sängerknaben „In dulci jubilo" trällerten, herrschte feierliche Stille. Doch als sie den gefüllten Truthahn und mehrere Schüsseln mit Rotkraut, Mango-Chutney, Bratäpfeln, Kohlsprossen und Maronen brachten, hob eine heitere Geschäftigkeit an. Clemens übernahm das Tranchieren – schließlich war sein Vater Fleischhauer gewesen –, Axel füllte die Gläser, die Damen reichten die Schüsseln reihum und Felix, ganz Reporter, hielt alles fotografisch fest.

„Wirklich schade, dass Tante Maria nicht hier sein kann", meinte Juliane, ehe sie sich genussvoll über ihren Teller hermachte.

„Stimmt", wandte sich Clemens an Katharina. „Deine Schwester Maria hat zu Weihnachten doch nie gefehlt!"

„Tja, seit das Kloster geschlossen ist und sie und Schwester Agnes in den Pfarrhof übersiedelt sind, ist alles ein wenig anders. Sie sagt, sie kann Agnes und den Herrn Pfarrer an einem solchen Tag einfach nicht alleine lassen."

„Wenn ich es nicht besser wüsste, würde ich glauben, meine liebste Tante, die ehrwürdige Schwester Maria, ist ein wenig in den alten Knacker verliebt", meinte Juliane lachend und bediente sich noch einmal von der Semmelfülle.

„Ich glaube nicht, dass du da ganz daneben liegst", bestätigte Axel.

„Ihr wollt mir jetzt aber nicht einreden, dass Maria sich in den Pfarrer von Kreuzenstein verschaut hat?" Clemens war seine Verblüffung deutlich anzusehen.

„Ein wenig", bestätigte Katharina.

„Und was sagt ihre Freundin, Schwester Agnes, dazu?"

„Ich glaube, der geht es ganz genauso."

„Eine Ménage-à-trois?"

„Rein platonisch, versteht sich! Aber was soll's? Die drei verstehen sich wirklich prima und ein paar Sonnenstrahlen im Herbst ihres Lebens sollte man ihnen wirklich gönnen."

Dem stimmten alle zu und Katharine fand nun endlich Gelegenheit, detailreich zu schildern, was Erika ihr am Telefon noch alles berichtet hatte. „Stellt euch vor, Monsignore Rinaldo hatte einen Autounfall! Sein Wagen ist auf einer vollkommen geraden Straße von der Fahrbahn abgekommen. Dabei ist er doch ein so sicherer Fahrer und ein Autofetischist noch dazu. Er ist in seiner Jugend sogar Rennen gefahren. Angeblich war ein technisches Gebrechen daran schuld. Na ja, das glaube, wer mag. Rinaldo war nämlich auf dem Weg zu seinem Freund Picardi, das ist der Journalist, der ihm diese Unterlagen zugespielt hat, die dann eine Zeitlang verschwunden waren."

„Ein technisches Gebrechen wird es wohl gewesen sein", warf Felix ein. „Fragt sich nur, wer es verursacht hat."

„Erika meint, der Anschlag könnte auch Leo gegolten haben, denn wenn er nicht in offizieller Mission unterwegs ist, fährt er manchmal auch mit dem Monsignore. Zum Glück geht es Rinaldo schon wieder besser."

„Ich glaube, die Gräben zwischen Reformern und Traditionalisten waren niemals tiefer", meinte Clemens, dann erzählte er von seinem Besuch beim Wiener Kardinal.

„Das klingt aber gar nicht nett. Ich dachte immer, ihr seid von Amts wegen verpflichtet, euch zu lieben", ätzte Juliane.

Clemens betupfte erst seinen Mund mit der Serviette, ehe er antwortete: „Ein Christ sollte Gott lieben, den Nächsten und sich selbst. Von der kirchlichen Hierarchie steht meines Wissens nichts in der Bibel." Dann nahm er einen kräftigen Schluck Wein und fügte übergangslos hinzu: „Ach, geht's mir heute gut! Heuer kann ich euer Weihnachtsmahl so richtig genießen. Ulrike übernimmt auf dem Heimweg das Steuer."

„Na dann", meinte Axel und schenkte ihm ordentlichen nach.

∗∗∗

Erika hatte lange überlegt, was sie Leo zu Weihnachten schenken könnte, und sich letztlich für eine Kerze und einen Roman entschieden. Die Kerze war zugegebenermaßen wenig originell, sie schenkte sie ihm nach der Christmette, als sie gemeinsam mit einigen Kardinälen noch mit einem Glas Champagner auf das Weihnachtsfest anstießen. Das Buch, es hieß „Ohne Dich ist alles Staub – vergessene Liebesbriefe aus hundert Jahren", hatte sie ihm beim Gehen heimlich auf die Kommode gelegt. Dazu hatte sie geschrieben:

Dieses Buch ist nicht für den Heiligen Vater bestimmt, sondern für Leo, meinen Freund seit Jugendtagen.

Bisher hatte er sie noch nicht darauf angesprochen, sie hatte ihn aber auch noch kaum zu Gesicht bekommen, außer auf dem Balkon und später, beim offiziellen Weihnachtsessen. Irgendwie hatte sie sich das alles ganz anders vorgestellt. Natürlich, die Christmette im Dom war beeindruckend gewesen, und Leos Predigt, an der er seit Wochen herumgefeilt hatte, war inhaltlich ohne Fehl und Tadel – mehr gab es dazu allerdings nicht zu sagen. Die Reden, die sein Vorgänger gehalten hatte, stammten allesamt aus Leos Feder, und sie waren bejubelt worden. Seit Leo sie jedoch selbst vortrug, wirkten sie eher intellektuell denn mitreißend. Scheinbar hatte der liebe Gott die Gaben auch unter seinem Bodenpersonal höchst ungleich verteilt. Fast war Erika versucht, diese Verteilung ungerecht zu nennen, schließlich wusste sie, wie sehr Leo sich bemühte, aber die Gabe der zündenden Rede war ihm nun mal nicht in die Wiege gelegt.

Soeben erhielt sie eine päpstliche Mail: *15 Uhr, Vatikanische Gärten?* *Sehr gerne!*, schrieb sie zurück und sah auf die Uhr. Noch drei Stunden.

***

Katharina sah dem Wiedersehen mit ihrem päpstlichen Bruder mit ziemlich gemischten Gefühlen entgegen. Wenn sie Erikas Erzählungen Glauben schenken wollte, dann müsste Leo sich schon sehr geändert haben. Zugegeben, aus seinen Briefen konnte man eine gewisse Veränderung herauslesen, anderseits konnte sie sich kaum vorstellen, dass sie in ihm jemals etwas anderes sehen würde als ihren besserwisserischen großen Bruder. Während sie sich für das erste gemeinsame Abendessen umzogen, sagte sie zu Axel: „Meinst du nicht, wir sollten uns an der Bar noch ein Glas Prosecco gönnen, damit wir Seine Heiligkeit besser verkraften?"

„Nichts gegen den Prosecco, ansonsten darf ich dich daran erinnern: Du wolltest hierherkommen."

Stimmt. Es war ein gutes Stück Arbeit gewesen, Axel zu diesem Besuch zu überreden.

„Um Leo von seiner Zwiebel-Unverträglichkeit zu befreien", antwortete sie, während sie die Ohrklipse ansteckte, die Axel ihr zu Weihnachten geschenkte hatte. „Soweit die offizielle Version. In Wahrheit bist du einfach nur neugierig."

„Auf meinen Bruder?"

„Auf die Veränderungen, die Erika an ihm bewirkt haben könnte."

Das stimmte allerdings. „Vielleicht hat er in der Zwischenzeit ja menschliche Züge angenommen."

„War er denn vorher kein Mensch?"

„Bei seinem letzten Besuch hatte ich eher das Gefühl, er hält sich für so eine Art Mittelding: zwar selbst nicht Gott, aber eben auch nicht mehr ganz Mensch. Aber bitte, vielleicht ist es Erika gelungen, ihn auf die Erde zurückzuholen."

In der Zwischenzeit hatte sie ihr Haar geordnet und die Lippen nachgezogen. Dieses kräftige Rot stand ihr einfach am besten. Sie drehte sich zu Axel um. „Hübsch?"

„Sehr hübsch", bestätigter Axel und bot ihr seinen Arm.

*

Wenn Katharina je etwas mit Leo geteilt hatte, dann war das ihre gemeinsame Vorliebe für Lebkuchen. Ihre Mutter war keine besonders begnadete Köchin gewesen, aber ihre Lebkuchen waren stets ein Gedicht. Als Schwester Agatha nach dem Abendessen Kaffee und Tee anbot und dazu eine Schüssel mit Lebkuchen auf den Tisch stellte, griff sie daher als Erste zu.

„Die schmecken ja fantastisch! Genauso knackig und aromatisch wie die unserer Mutter."

„Sie sind ja auch nach ihrem Rezept", lächelte Leo.

Dass Leo ab und zu lächelte, schien Katharina übrigens die einzige Veränderung, die sie an ihrem Bruder wahrgenommen hatte. Ansonsten konnte sie nur wenige Abweichungen vom bisher Gewohnten feststellen. Mochte ja sein, dass er unter Erikas Einfluss dort und da etwas modernere Positionen vertrat, aber was hieß in der römisch katholischen Kirche schon modern?

Während des Essens hatten sie sich an unverfängliche Themen gehalten, doch nun sagte Leo: „War Clemens Weihnachten bei euch?"

„Wie jedes Jahr, nur war er diesmal in charmanter Begleitung", antwortete Katharina kämpferisch und dachte bei sich: Jetzt geht's los.

„Er hat uns mit seinem Bekenntnis nur wenig Freude bereitet."

„Sprichst du jetzt wieder im Pluralis majestatis?"

„Ich spreche von uns hier im Vatikan", erwiderte er. Es klang schon wieder sehr nach großem Bruder.

„Nicht alle sehen das so negativ", warf Erika ein.

„Kardinal Rossi ist beispielsweise wie ich der Meinung, dass es durchaus hilfreich sein kann, wenn die Basis sich zu diesem Thema zu Wort meldet."

Jetzt wird's spannend, dachte Katharina und griff in die Schüssel mit den Lebkuchen. Auch Leo angelte nach einem Lebkuchenstück, ehe er salbungsvoll antwortete: „Ich sehe eine Flut sogenannter Outings über uns hereinbrechen."

Worauf Katharina wie aus der Pistole geschossen erwiderte: „Ich weiß ja, dass du dich für unfehlbar hältst, aber dass du jetzt auch schon hellsehen kannst, ist mir neu."

„Dumme Kuh", antwortete Seine Heiligkeit. Diesmal klang es gar nicht salbungsvoll, eher amüsiert.

Wow, dachte Katharina. Leo humorvoll, vielleicht geschehen ja doch noch Zeichen und Wunder, und fügte gut gelaunt hinzu:

„Clemens ist jedenfalls, für den Fall, dass der Kardinal ihn tatsächlich seines Amtes enthebt, bereit zu kämpfen. Seine Pfarrmitglieder übrigens auch."

Einige Sekunden herrschte Stille am Tisch, nur die leise Hintergrundmusik war zu hören - eine Fuge von Bach. Erstaunlicherweise war es Axel, der die Stille unterbrach und in seiner ruhigen Art hinzusetzte: „Schatz, ich glaube du hast vergessen hinzuzufügen, dass Clemens im Fall des Falles Beschwerde im Vatikan einlegen würde."

***

Während Katharina noch am gleichen Abend mit der Behandlung von Leos Zwiebel-Unverträglichkeit begann, versuchte Erika nach Kräften, Axel die Zeit zu vertreiben. Sie schätzte ihn als ebenso loyalen wie verlässlichen Partner an Katharinas Seite, doch worüber sollte sie sich mit ihm unterhalten? Als Kaufmann würde er sich vermutlich für Wirtschaftsfragen interessieren – dumm nur, dass sie davon keine Ahnung hatte. Andererseits wusste sie, dass Axel mit Religion nicht viel am Hut hatte. Bei ihren bisherigen Begegnungen waren sie stets in Gesellschaft gewesen …

Zum Glück eröffnete Axel das Gespräch. „Wie lebt es sich eigentlich hier – im Zentrum der Macht?"

„Macht? Ach, ich weiß nicht. Macht und Ohnmacht liegen hier ziemlich nahe beieinander."

„Trotzdem stelle ich es mir irgendwie … aufregend vor."

„Aufregend ist es allerdings. Jede Menge Intrigen, ungeklärte Autounfälle, verwanzte Zimmer. Je länger ich hier lebe, umso bewusster wird mir, dass das Leben einer erklecklichen Zahl von Würdenträgern im krassen Widerspruch zu allem steht, was sie von der Kanzel verkünden. Ganz egal, ob es sich nun um Sexualität, Wahrheit oder Barmherzigkeit handelt."

„Glauben es denn wenigstens ihre Zuhörer?"

„Wenn du mich fragst, die wenigsten. Nimm beispielsweise die Frage der Empfängnisverhütung. Ich hatte an der Uni ja nun wirklich mit vielen jungen Menschen zu tun, bekanntlich durchwegs Theologiestudenten, aber ich kann mich nicht an eine Studentin erinnern, die sich in Sachen Empfängnisverhütung um die Lehre der Kirche geschert hätte. Die haben alle die Pille genommen - und natürlich haben sie völlig recht!"

Erika hatte sich so in Rage geredet, dass ihr gar nicht aufgefallen war, dass Leo das Esszimmer wieder betreten hatte. Jetzt sagte er: „Gerade die Frage der Empfängnisverhütung wurde auch im Vatikan durchaus kontroversiell diskutiert, schon 1968."

„Trotzdem verzapft ihr immer noch den gleichen Unsinn", meldete sich Katharina zu Wort, die hinter Leo ins Zimmer gekommen war.

„Ich bin ausnahmsweise deiner Meinung", meinte Seine Heiligkeit. „Wenn ich es auch anders ausgedrückt hätte. Aber die Widerstände gegen jegliche Änderungen sind beachtlich. Nicht nur hier in Rom, auch in vielen Ländern auf der Ebene der Bischofskonferenzen."

„Eh klar, deine Vorgänger haben dort schon die richtigen Leute platziert", gab Katharina zurück. „Trotzdem kann ich jetzt leider nicht mit dir streiten, wenn ich das auch sehr gerne tun würde, denn du musst dich jetzt entspannen, sonst wirkt die Behandlung nicht. Wir drei könnten hingegen noch irgendwo einen Grappa trinken. Ich fürchte, ich habe zu viel Lebkuchen gegessen."

„Da kann dir geholfen werden. Ich habe zu Weihnachten von Roberto einen ganz ausgezeichneten Grappa bekommen", antwortete Erika nicht ganz ohne Rachegelüste. Von Leo hatte sie nämlich nichts bekommen, das hatte sie gekränkt. Ihm hingegen schien es gar nicht aufgefallen zu sein. Einfache Dinge, wie jemandem ein Weihnachtsgeschenk zu machen, kamen in seinem Kosmos scheinbar nicht vor. Er hatte auch kein Wort über das Büchlein verloren, das er von ihr bekommen hatte. Auch das kränkte sie ein wenig.

Im Vatikan nichts Neues?

Die Tage mit Katharina und Axel waren für Erika eine willkommene Auszeit gewesen. Sie waren durch Rom geschlendert, hatten in gemütlichen Trattorien gegessen und abends oft noch lange zusammen gesessen. Die Gespräche mit den beiden hatten ihr gutgetan – mit niemand sonst konnte sie so offen über Leo reden.

Doch nun hatte der Alltag sie alle wieder. Das einzig erfreuliche daran schien ihr, dass Roberto aus seinem Genesungsurlaub wieder zurück war.

Apropos Alltag. Sie musste Leo erinnern, dass Rossi in diesem Jahr sein fünfzigstes Priesterjubiläum und Ende Jänner seinen achtzigsten Geburtstag feiern wird. Zumindest ihm sollte er ein Geschenk machen.

Erstaunlich, dass Rossi trotz seines Alters zu den ausgesprochen liberalen Geistern gehörte und einer der wenigen war, die sich nicht nur ihren Humor, sondern auch eine Portion Hausverstand bewahrt hatten.

Dabei war er länger im Vatikan als die meisten anderen. Erst neulich hatte er erzählt, dass er Albino Luciani, den späteren 33-Tage-Papst, persönlich gekannt hatte. Es war ein erstaunliches Gespräch gewesen, bei dem auch Kardinal Calvi zugegen war. Auch er hatte Luciani persönlich gekannt. Calvi war richtiggehend empört gewesen, dass Rossi heute noch so lobende Worte für ihn fand, dabei war die Sache mehr als dreißig Jahre her. Als sie Leo darauf ansprach, sagte er: „Rossi geht immer noch davon aus, dass Luciani keines natürlichen Todes gestorben ist."

„Da ist er nicht der Einzige. Ich erinnere mich, einmal ein Buch darüber gelesen zu haben. Schien mir damals alles ziemlich schlüssig zu sein."

„Vermutlich das Gleiche, das Rossi mir neulich gebracht hat. Es liegt auf meinem Nachttisch. Rossi meint, es könnte nicht schaden zu wissen, wie man einen meiner Vorgänger ins Jenseits befördert hat."

„Du glaubst also auch daran?"

„Damals schien mir das alles stark übertrieben, aber da wusste ich auch noch nicht, welche Schweinereien sich in unserer Bank tatsächlich abgespielt haben. Apropos, Dall' Oglio kommt heute Abend zu mir. Er schien am Telefon sehr aufgebracht und möchte mich unter vier Augen sprechen. Wir sehen uns also erst morgen wieder."

„Vielleicht willst du mich ja nachher noch anrufen."

Leo schüttelte nur stumm den Kopf.

„Tja dann, bis morgen." Während Erika zu ihrem Schreibtisch zurückkehrte, überlegte sie, ob Leo immer noch Angst hatte, dass seine Räumlichkeiten und Telefone abgehört wurden, oder ob er einfach nicht den Wunsch hatte, sie abends zu sehen.

***

„Ich fasse zusammen", sagte seine Heiligkeit. „Die Kontensperren haben die Falschen getroffen, dafür sitzen wir auf einer Menge Geld, das Stiftungen gehört, die es gar nicht gibt."

Der Präsident der Vatikanbank nickte.

„Können wir dieses Geld dann nicht einfach karitativen Zwecken zuführen? Ich hätte da einige Ideen."

„Ich glaube nicht, Eure Heiligkeit, dass das so einfach gehen wird, aber ich werde unsere Rechtsabteilung mit der Angelegenheit befassen."

Leo nickte. Die etwas laute Hintergrundmusik machte ihn leicht nervös, aber der Kommandant hatte dazu geraten – für alle Fälle, hatte er gemeint. Außerdem war er müde, verdammt müde. Dennoch riss er sich zusammen und antwortete: „Tun Sie das, ich werde die gleiche Frage mit einem unabhängigen Juristen besprechen. Wir können dann die Ergebnisse vergleichen. War's das?"

„Leider nein. Es gibt da noch eine ebenso unerfreuliche wie delikate Angelegenheit und ich bedaure außerordentlich, Eure Heiligkeit damit befassen zu müssen."

Leo nickte und bedeutete seinem Gegenüber weiterzusprechen.

„Sie erinnern sich, dass man mir ein Verhältnis mit einer Journalistin angedichtet hat, die ich nur wenige Male getroffen habe."

„Ich erinnere mich und habe Ihnen schon damals gesagt, dass ich weiß, wie Intrigen entstehen, und der Sache daher keine weitere Bedeutung zumesse."

„Leider kommt es noch schlimmer. Die Journalistin, eine gewisse Christina Franco, erhebt nun schwere Vorwürfe gegen mich. Angeblich hätte ich sie vergewaltigt, aber ich schwöre, Heiligkeit ..."

Leo winkte ab. Er kannte Dall' Oglio gut genug, um ihm zu glauben, und er war so schrecklich müde. Ausnahmsweise würde er sich auch ein Gläschen von diesem Prosecco einschenken, dem Dall' Oglio so reichlich zusprach. Schmeckte gar nicht schlecht, eher leicht und fruchtig. Dann antwortete er: „Schon gut. Aber wer könnte hinter der Sache stecken?"

„Ich habe leider keine Ahnung. Nicht weil mir niemand einfiele, sondern weil es so viele sind, die infrage kommen."

Etwas Ähnliches hatte Erika gesagt, als die Unterlagen über diese Baugeschichte verschwunden waren. Apropos, da musste er auch einmal nachhaken.

Als Dall' Oglio gegangen war, überlegte Leo was zu tun war. Es mochte ja sein, dass die Kontensperren die Falschen getroffen hatten, dennoch scheinen sie andere ziemlich nervös gemacht zu haben - nur so ließen sich die Angriffe auf Dall' Oglio erklären.

Schlimm für den Mann, aber noch schlimmer war, dass die Sache vermutlich schon morgen durch die Presse gehen würde. Das hatte ihnen gerade noch gefehlt. In Österreich hatte Clemens eine Lawine von Outings losgetreten, in Deutschland baute ein wild gewordener Bischof einen Palast und in Rom beschuldigte man den Präsidenten der Vatikanbank der Vergewaltigung. Sauber. Was konnte eigentlich noch passieren?

Natürlich hatte er von Missständen gewusst, aber doch nicht in dieser Dimension. Und warum musste das alles gerade jetzt an die Oberfläche kommen, wo es so viele wichtigere Dinge zu tun gab? Leo wanderte wieder einmal durch sein Arbeitszimmer. Vielleicht hatte Erika doch recht, vielleicht waren diese Missstände hilfreicher als er dachte. Er sah auf die Uhr. Schon 22 Uhr 30. Wenn er um diese Zeit Erika aufsuchte oder auch nur Rossi, würde es morgen der ganze Vatikan wissen. Telefonieren wollte er auch nicht, man konnte doch nie wissen, wer alles mithörte. Papst zu sein war schon eine einsame Sache, dachte Leo und schenkte sich noch ein Gläschen ein.

**

„Was halten Sie vom Kommandanten unserer Gendarmerie?", fragte Erika. „Ein kleiner Mann mit großem Ehrgeiz und mittleren Fähigkeiten", antwortete Rossi. Erika nahm einen Schluck Kaffee und nickte gedankenverloren. Rossis Antwort bestätigte zwar ihren Verdacht, trug allerdings nicht zu ihrer Beruhigung bei, denn ihre Sorge um Leo wurde jeden Tag größer. „Aber er muss doch irgendwelche Verdienste vorweisen können, wenn er dieses Amt bekleidet", versuchte sie sich selbst Mut zu machen.

„Fuscotti hat ihn protegiert", war nicht ganz die Antwort, die sie sich erhofft hatte. Erika fröstelte.

„Und das hat genügt?"

„Unter Leos Vorgängern schon, die sind lieber in der Welt herumgereist und haben sich in die Politik eingemischt. Ihre Vertrauten konnten hier einstweilen machen was sie wollten. Leo ist diesbezüglich weit weniger großzügig, das schmeckt vielen nicht! Ganz abgesehen davon, dass er mitunter eigenständige Entscheidungen trifft."

Es war schon etwas düster geworden, Erika schaltete die Schreibtischlampe ein, ehe sie antwortete: „Das sollte man von einem Papst doch eigentlich erwarten. Ich erinnere mich allerdings an ein Gespräch mit Erzbischof Fuscotti, wenige Tage nach meiner Ankunft, da sagte er mir, ein Papst dürfe sich nie der Kontrolle seiner Mitarbeiter entziehen. Ich fand das schon damals ziemlich eigenartig, aber Leo hat es mit einem Achselzucken abgetan und gesagt, er sei der Papst und er mache, was er wolle."

Rossi lachte. „Das macht er allerdings. Ich fürchte nur, dass er dabei die Gefahr, die von seinen Gegnern ausgeht, zu gering schätzt. Oder glauben Sie die Geschichte vom losen Rocksaum?"

Leo wäre tags zuvor auf seinem Weg in die Vatikanischen Gärten beinahe über eine Treppe gestürzt. Hätte Rinaldo, der zufällig bei ihm war, durch sein rasches Eingreifen nicht das Ärgste verhindert, hätte die Sache böse ausgehen können. Nachträglich hatte sich herausgestellt, dass Leos Rocksaum heruntergerissen war. Schwester Immaculata war untröstlich gewesen und hatte geschworen, dass die weiße Soutane am Morgen noch vollkommen in Ordnung war.

Erika seufzte. „So etwas kann natürlich vorkommen, dennoch glaube ich, Leo kann sich einfach nicht vorstellen, dass ihm hier im Vatikan etwas geschehen sollte."

Rossi sah sie spöttisch an. „Aber gnädige Frau! Sie wollen doch nicht sagen, dass unser Heiliger Vater naiv sei."

Naivität wollte sie Leo nun wirklich nicht unterstellen, dennoch nahm er all diese Vorkommnisse für ihren Geschmack nicht ernst genug. Sie wies auf die vor ihr liegende Zeitung. „Diese Sache mit Dall' Oglio zeigt doch ganz deutlich, wozu unsere Leute fähig sind. Oder zweifeln Sie daran, dass die Intrige aus den eigenen Reihen kommt."

Rossi schüttelte den Kopf und betrachtete das Foto der Journalistin, der Dall' Oglio angeblich Gewalt angetan hatte. Dann murmelte er: „Ich kann mir nicht helfen, aber irgendwie kommt mir diese Frau bekannt vor."

„Vielleicht haben Sie ihr Foto einfach nur schon zu oft gesehen. Die italienischen Zeitungen sind ja seit Tagen voll davon."

Rossi schüttelte den Kopf. „Das Gefühl hatte ich von Anfang an, aber so sehr ich mich auch anstrenge, ich kann mich einfach nicht erinnern."

Vatikanische Machenschaften, die Sechste

„Es ist unfasslich, er hält immer noch an diesem Dall' Oglio fest. Dabei hat Christina doch wirklich gute Arbeit geleistet."

„Was heißt schon gute Arbeit? Fakt ist, wenn sich dein Schwager nicht bald etwas Besseres einfallen lässt, können wir uns nicht nur auf ein drittes Konzil einstellen, wir müssen auch noch fürchten, dass sie beim nächsten Mal die richtigen Konten durchleuchten. Beides wäre nicht besonders vorteilhaft für uns. Genau genommen wäre es eine Katastrophe!"

„Was schlägst du also vor?", fragte der Dritte im Bunde.

„Leo fliegt nächste Woche zu Obama. Wir werden diese Zeit nützen, um eine Erklärung herauszugeben, in der wir uns ausdrücklich gegen ihn stellen. Ich habe schon einen entsprechenden Text vorbereitet."

Massimo übergab ihnen ein mehrseitiges Schreiben, das seine Freunde kurz überflogen, dann drückte er seinem Gegenüber eine goldene Füllfeder in die Hand und deutete auf die vorgesehene Unterschriftszeile.

„Wo darf ich unterschreiben?", fragte der Dritte.

„Du darfst gar nicht unterschreiben. Deine Aufgabe wird es sein, auf unsere Erklärung mit einer Pressekonferenz zu reagieren, und alles was Leo in letzter Zeit von sich gegeben hat, so gut es geht zu relativieren."

„Aber ich muss doch mit ihm in die Staaten reisen."

„Sei doch nicht so einfallslos. Du wirst krank sein, basta. Sobald wir unsere Erklärung an die Öffentlichkeit gebracht haben, wirst du dich vom Krankenbett erheben und so tun, als würdest du im Sinne des Heiligen Vater antworten."

Es folgte zustimmendes Nicken und ein Moment des einträchtigen Schweigens. Dann sagte Massimo: „Vergesst nicht, was auf dem Spiel steht. Und sollte unserem Heiligen Vater auf seiner Reise irgendetwas zustoßen, so müsst ihr immer daran denken, dass wir auf dieser Erde alle nur zu Gast sind."

Ein seltsames Lächeln umspielte die Lippen seines Gegenübers, als er fragte: „Auf welche Weise soll das Gastspiel denn beendet werden?"

„Ach, es gibt doch so viele Wahnsinnige auf der Welt. Ganz zu schweigen von islamistischen Extremisten. Aber um die Details müssen wir uns ja –

Gott sei Dank - nicht kümmern. Außerdem werden wir diese Tage dazu nutzen, um der Frau Professor zu zeigen, wo Gott wohnt."

„Wozu der Aufwand, sobald Leo nicht mehr hier ist, wird sie ohnehin das Weite suchen."

„Ein kleiner Schreckschuss kann nicht schaden", meinte Massimo träge und trank einen Schluck Rotwein.

„Und was, wenn der Heilige Vater doch in den Vatikan zurückkehrt?"

„Das sollen wir doch nicht hoffen."

Die Reise nach Amerika

Erika hielt sich nicht für besonders sensibel, doch der aggressive Ton, in dem auf dieser Internetseite über Leo hergezogen wurde, machte ihr Angst.

„Wo haben Sie diese Seite denn gefunden?", fragte sie Rinaldo, der neben ihr stand.

„Das Netz ist schon seit Monaten voll davon, aber in den letzten Tagen wurde der Ton deutlich rauer. Der Papst wird auch von der konservativen Presse stark angegriffen. Man wirft ihm vor, die Kirche in den Untergang zu führen."

„Dann ist er ja in bester Gesellschaft. Ich habe kürzlich gelesen, das hat man Johannes XXIII und sogar Paul VI auch schon vorgeworfen", antwortete Erika. Dann widmete sie sich wieder der Website und fragte: „Ob das mit der bevorstehenden Amerika-Reise zusammenhängt?" Die Frage richtete sich allerdings mehr an sie selbst als an Rinaldo, der in wenigen Minuten gemeinsam mit Leo und dem ganzen Tross nach Washington aufbrechen würde und schon zum dritten Mal kontrollierte, ob er auch alle Unterlagen dabei hatte. Dennoch antwortete er: „Ich hoffe nicht, aber zum Glück bleibt Erzbischof Fuscotti nun doch hier. Er wird notfalls wissen, was zu tun ist. Ich muss mich jetzt leider verabschieden."

„Machen Sie's gut, Roberto, und passen Sie mir auf den Boss auf!"

„Ich werde mein Möglichstes tun, hoffe aber, dass der Kommandant diese Aufgabe besser erfüllt als ich." Dann drückte er ihr die Hand und eilte davon.

Leider konnte sie Rinaldos Zuversicht nicht teilen, weder was den Kommandanten noch was Fuscotti betraf, aber das würde sie ihm nicht sagen, zumindest nicht jetzt.

Sinnend sah sie ihm nach. Lieber Gott, lass die beiden wieder heil zurückkommen, betete sie ebenso schlicht wie innig, dann wandte sie sich wieder dem Bildschirm zu.

Die einen bezeichneten Leo als Aushilfs-Papst, die anderen als Zeitgeist-Papst, das war vielleicht nicht nett, aber wirklich beängstigend fand sie die Bezeichnung Kurzzeit-Papst. War das eine Drohung? Was waren das nur für Menschen, die sich katholisch nannten, aber das zweite Vatikanische Konzil als einen der gravierendsten Fehler betrachteten und von einem Abrutschen in eine humanistische Religion faselten? Das musste man sich auf der Zunge zergehen lassen!

Die meisten Websites begnügten sich allerdings nicht mit Papst-Bashing, oft wurden auch rechtsextreme Positionen vertreten. Diese eigentümliche Verbindung von Rechtsextremismus und Christentum hatte Erika immer schon Kopfzerbrechen bereitet. Welche Menschen verbreiteten solchen Mist? Vielleicht solche, die mehr sein wollten, als sie je sein würden. Aus diesem Holz schnitzt man bekanntlich die Erfüllungsgehilfen der Macht, die vieles von dem, was auf der Welt an Unheil passiert, überhaupt erst möglich machen.

Angewidert wechselte sie das Programm, aber das Protokoll der letzten Ausschuss-Sitzung verbesserte ihre Laune auch nicht wesentlich. Da in den nächsten Tagen nicht viel zu tun war, beschloss sie, in ihre Wohnung zu gehen, sich eine Tasse Tee zu machen und sich mit dem Liebesroman, den Katharina ihr zu Weihnachten geschenkt hatte, in ihre Leseecke zurückzuziehen. Ob Tee ihre Laune deutlich verbessern würde?

Wahrscheinlich war es besser, im Supermarkt vorbeizugehen und eine Flasche Prosecco zu kaufen.

*

Als Erika endlich ihr Buch zuklappte und sich in alle Richtungen dehnte, war es fast Mitternacht. Was für eine humorvolle und doch kluge Geschichte, dabei von einer ganz unbekannten Autorin. Sie hatte einfach nicht aufhören können und würde gleich morgen nachsehen, ob es noch weitere Romane von ihr gab.

Während sie ihre abendliche Pflegeroutine erledigte, überlegte sie, ob ihr der Roman schon allein deshalb so gut gefallen hatte, weil die Protagonistin ein ganz ähnliches Schicksal durchlebt hatte wie sie selbst. Nur dass deren Traumprinz nicht der Papst war, sondern bloß ihr Chef. Anfangs erschienen allerdings ihre Chancen, diesen jemals für sich zu gewinnen, ähnlich unrealistisch wie ihre eignen – na ja, vielleicht nicht ganz so unrealistisch. Aber wer war auch schon dämlich genug, sich in den Papst zu verlieben? Allenfalls konnte man ihr zugutehalten, dass er damals, als sie sich zum ersten Mal in ihn verliebt hatte, ein junger, gut aussehender Theologiestudent war. Dass sie sich jetzt, nach all den Tränen und all den Jahren, noch einmal in ihn verliebt hatte, dafür gab es allerdings kaum eine Entschuldigung – und deshalb konnte es in ihrem Falle auch kein Happy End geben. Energisch klopfte sie ihre Nachtcreme ein. Was für eine dumme Kuh sie doch war. Sie war hier in seiner Nähe und sie durfte mit ihm arbeiten. Das WAR das Happy End.

Sie schickte ein kurzes Stoßgebet zum Himmel, dass es ihm gut gehen möge, und schlief bald ein.

Am nächsten Morgen erwachte sie erfrischt und voller Tatendrang. Sie duschte, föhnte das graue Haar und machte sich einen Espresso. Während sie sich dazu drei Stück Toast mit Butter und Marmelade schmecken ließ, kam eine SMS von Rinaldo.

Sind soeben im Weißen Haus eingetroffen.
Ihr ergebener Roberto

Sie schmunzelte. Immer formvollendet der liebe Roberto, sogar beim SMSen, und tippte rasch in ihr Handy:

Gott sei's gedankt! Weiterhin alles Gute und LG - Erika

Dann beschloss sie, den Tag für einen Friseurbesuch zu nutzen. Ein neuer Schnitt wäre nicht schlecht und ein paar schwarze Strähnchen konnten auch nicht schaden.

Als sie den Friseurladen endlich verließ, war es schon Mittag und die Sonne schien von einem wolkenlosen, blauen Himmel. Was für ein wundervoller Tag. Sie gönnte sich eine köstliche Pizza Cardinale und ein Glas Rotwein und erstand auf dem Heimweg noch ein schickes Twin-Set mit einer passenden Kette.

Beschwingt betrat sie ihr Büro, um rasch noch nach der Post zu sehen, als ihr Fuscotti über den Weg lief.

„Nanu, Eminenz, ich dachte, Sie sind krank."

„Allerdings, aber besondere Vorfälle erfordern mein umgehendes Handeln", antwortete er und eilte davon.

„Was ist denn passiert?", rief sie ihm nach. Aber er schien sie nicht mehr gehört zu haben.

***

„Ich fürchte, Mr. President, dass Sie den Einfluss des Papstes überschätzen. Den Vatikan von Grund auf zu reformieren, das geht nicht von einen Tag auf den anderen", entgegnete Leo.

Der Präsident nickte ernsthaft. „Das System scheint wenig transparent zu sein", und mit einem Anflug von Humor setzte er hinzu: „Vermutlich ist die Kurie für Sie das, was für mich zur Zeit der Senat ist."

Leo nickte und lächelte höflich, während er bei sich dachte: bloß dass wir im Vatikan nicht erst behaupten, eine Demokratie zu sein. Dann blickte er verstohlen auf die Uhr. Es war ein langer Tag gewesen, sein Rücken schmerzte und er wünschte nichts mehr, als sich endlich zurückziehen zu können. Offenbar hatte man seinen Blick auf die Uhr richtig gedeutet, denn wenige Minuten später wurde die Tafel aufgehoben und er konnte sich, begleitet von zwei Sicherheitsleuten und Monsignore Rinaldo, endlich zu seinem Zimmer begeben. Nun musste es ihm nur noch gelingen, die Sicherheitsleute loszuwerden.

Die beiden postierten sich wortlos vor seinem Zimmer, gut, da konnten sie bleiben. Rinaldo kam noch mit, um den Zeitplan für den nächsten Tag durchzugehen, dann, endlich, verabschiedete sich auch er. Da Leo es schon bei seinem Amtsantritt abgelehnt hatte, sich von einem Kammerdiener bedienen zu lassen, weil er, wie er glaubhaft versicherte, sich schon seit seinem fünften Lebensjahr selbstständig ankleidete, freute er sich darauf, in wenigen Augenblicken allein zu sein. Für einen introvertierten Menschen wie ihn war es eine Qual, ständig von Menschen umgeben zu sein. Während sich Rinaldo gemessenen Schrittes anschickte, den Raum zu verlassen, griff Leo nach dem Kuvert, das auf dem Kaminsims stand und die Aufschrift „Holy Father" trug. Vermutlich hatte es sich irgendeine Hausdame nicht nehmen lassen, ihn ebenfalls im Weißen Haus zu begrüßen, vermutete Leo und wollte eben den Brief öffnen, als Rinaldo plötzlich brüllte: „Nein!" Mit zwei großen Schritten war er bei ihm, entriss ihm den Briefumschlag und schleuderte ihn in Richtung der Tür, wo er mit einem lauten Knall detonierte.

***

Innerhalb weniger Minuten mutierte Roberto zum Helden des Tages. Wie er denn auf die Idee gekommen sei, dass es sich um eine Briefbombe handeln konnte? Er wusste es doch selbst nicht!

Ob der liebe Gott da seine Hand im Spiel hatte, wurde er von einem Reporter gefragt: „Ja, vermutlich", antwortete er lächelnd, weil solche Antworten von Geistlichen erwartet wurden. Tatsächlich war sein Gottesbegriff etwas komplexer, aber das war hier wohl weniger gefragt.

Mitternacht war längst vorbei, die eilig einberufene Pressekonferenz endlich zu Ende, aber an Schlaf war nicht zu denken. Der Boss, für den eilends ein neues Zimmer hergerichtet worden war, hatte sich bereits wieder zurückgezogen. Ob er wohl schlafen konnte?

In Rom war es bald acht Uhr, er musste dringend mit Erika telefonieren, sie würde sicher schon beim Frühstück sitzen. Hoffentlich konnte er sie noch erreichen, bevor sie aus den Nachrichten von dem Anschlag erfuhr.

Die Verbindung klappte zum Glück ganz schnell.

„Wagner."

„Hallo, Erika. Haben Sie heute früh schon Nachrichten gehört?"

„Nein, aber ich weiß trotzdem was passiert ist. Eine Frechheit!"

Frechheit war nun nicht das Wort, das Roberto für dieses feige Attentat eingefallen wäre, aber nun ja.

„Hat der Heilige Vater Sie denn in der Nacht noch angerufen?", fragte er erstaunt. Wie sonst sollte sie es erfahren haben? Seiner Schätzung nach konnte die Meldung frühestens in den Acht-Uhr-Nachrichten durchkommen.

„Sie kennen ihn doch. Er benutzt sein Handy nur im äußersten Notfall", ätzte Erika.

„Woher wissen Sie dann von diesem feigen Anschlag?"

„Feig ist das richtige Wort. Ich habe Kardinal Calvi ja schon immer alles Mögliche zugetraut, aber das denn doch nicht!"

„Calvi?"

„Natürlich nicht er alleine, aber er ist der Rädelsführer, da können Sie Gift darauf nehmen."

„Aber ... aber Calvi ist doch in Rom!"

„Leider", antwortete Erika.

„Verzeihung, aber wovon sprechen Sie?"

„Natürlich von dieser unglaublichen Presse-Mitteilung!"

Eine Presse-Mitteilung. Aha. Als er nicht gleich antwortete, rief sie:

„Roberto, was ist denn los mit Ihnen?"

„Danke, alles bestens, wirklich. Auch dem Boss geht es gut, zumindest hat er keinerlei äußere Verletzungen davongetragen. Was ich Ihnen eigentlich sagen wollte: Auf den Heiligen Vater ist heute Nacht ein Briefbombenanschlag verübt worden."

Jetzt, wo er es aussprach, fiel ihm auch ein, dass Erika ihm vor einigen Wochen erzählt hatte, dass in Österreich, vor etlichen Jahren, eine Serie von Briefbomben-Attentaten verübt worden war. Vielleicht hatte er deswegen, als er den Chef mit dem Kuvert ahnungslos dastehen sah, so prompt reagiert.

Möglich, dass das Zufall war – vielleicht aber auch nicht.

Das Geheimarchiv

Nachdem Roberto Erika die Details des vorhergegangenen Abends geschildert hatte, hatte sie gute Lust gehabt, sich einen Kognak einzuschenken, sich dann aber wegen der frühen Stunde doch für einen Beruhigungstee entschieden. Danach hatte sie erst einen kleinen Spaziergang gemacht, ehe sie ihr Büro aufsuchte, den Computer hochfuhr und ihre E-Mails checkte.

Neben einigen aufgeregten Kommentaren zur gestrigen Presse-Erklärung und einigen privaten Nachrichten fand sie eine Mitteilung von Fuscotti:

Sehr geehrte Frau Professor,

da ich selbst leider verhindert bin und auch keiner der Sekretäre vor Ort ist, ersucht Sie der Heilige Vater, im Archiv etwas für ihn nachzuschlagen. Sie mögen sich diesbezüglich an den zuständigen Archivar für die Legionäre Christi wenden. Nennen Sie ihm das Codewort 'Regnum Christi' und er wird Ihnen das diesbezügliche Geheimarchiv zugänglich machen. Suchen Sie dort nach Unterlagen über die apostolische Visitation der Jahre 2009/2010. Papst Leo interessiert sich vor allem für eventuelle Verbindungen zur amerikanischen Regierung.

Ihr ergebener – Paolo Fuscotti

Ein Geheimarchiv über die Legionäre Christi gab es also auch - erstaunlich. Anscheinend gab es im Vatikan ebenso viele Geheimarchive wie Archive. Erika hatte nichts dagegen, in einem Geheimarchiv über die Legionäre Christi zu kramen, denn die Legionäre waren eine erzkonservative Gesellschaft, die ihr ohnehin schwer im Magen lag. Man ging allgemein davon aus, dass sie, warum auch immer, über ziemlich viel Kohle verfügten – jetzt also auch noch Kontakte zur amerikanischen Regierung. Das versprach ja spannend zu werden. Während sie durch die langen Gänge wandelte, fragte sie sich allerdings, warum Leo sie nicht selbst angerufen hatte. Ziemlich ungewöhnlich, ihr von Fuscotti etwas ausrichten zu lassen. Aber vielleicht hatte er ja versucht, sie auf dem Festnetz zu erreichen, während sie spazieren war – möglich wär's.

***

Kardinal Rossi stieß die Tür zu Erikas Büro auf und rief: „Was sagen Sie zu dieser Frechheit? Wie kommt Fuscotti eigentlich dazu, der Presse so einen Schmarren zu erzählen? Dabei hat ...“ Dann erst sah er sich um und bemerkte, dass das Zimmer leer war. Zum Donnerwetter, wo war die Frau? Auf ihrem Handy konnte er sie auch seit Stunden nicht erreichen. Er trat an ihren Schreibtisch und bewegte die Mouse. Schon zeigte der Bildschirm das zuletzt gelesen Mail an. Es kam von Fuscotti, 8 Uhr 32. In der Zwischenzeit war es fast 19 Uhr. Es war nicht seine Art, fremde Mails zu lesen, aber da stimmte doch etwas nicht. Er ließ sich auf Erikas Schreibtischstuhl sinken und studierte die angezeigte Mail.

Fuscotti hatte sie also gebeten, für Leo ins Archiv zu gehen, so weit so gut. Er hatte allerdings noch nie gehört, dass es ein Geheimarchiv über die Legionäre Christi geben sollte. Nun, das würde sich bald herausstellen. Entschlossenen Schrittes machte er sich auf den Weg. Er eilte durch die langen Gänge, durchquerte den Bibliothekshof und kam schnaufend am Eingang zu den Archiven an. Heiliger Himmel, er war nicht mehr jung genug für solche Spielchen, aber er hatte das unangenehme Gefühl, dass hier nicht alles mit rechten Dingen zuging. Irgendetwas störte ihn an der Sache. Die Jahre 2009/2010 sollten doch online einsehbar sein. Wenn die Unterlagen freilich geheim waren, konnte es gut sein, dass sie nur in Papierform vorlagen. Aber warum wollte Leo diese Unterlagen gerade jetzt und was hatten die Legionäre mit Obama zu schaffen? Ob die Ermittlungen mit dem Briefbombenattentat in Zusammenhang standen? Aber warum schickte Leo dann die Frau Professor ins Archiv und nicht einen Mitarbeiter der vatikanischen Gendarmerie?

Das Büro der Archivare war verschlossen, und kein Mensch zu sehen. Seltsam. Langsam reichte es ihm. Schwer atmend ließ er sich auf dem nächstbesten Stuhl nieder und zog sein Handy hervor, um den Chef des Archives anzurufen.

„Lorenzo hier. Kannst du mir sagen, ob es ein Geheimarchiv in Sachen der Legionäre Christi gibt? … Bist du sicher? … Dann lassen wir jetzt das Archiv durchsuchen … ja, das ganze … nein, ich bin nicht verrückt geworden und ja, ich weiß, wie groß das Archiv ist. Also dalli, dalli, ich warte."

***

Erika, die sich schon damit abgefunden hatte, eine Nacht im Archiv zu verbringen, fiel ein Stein vom Herzen, als sie endlich Schritte hörte.

„Hier bin ich, hiiierher!", rief sie und hämmerte gegen die schwere Eichentüre.

Sekunden später hörte sie, wie jemand mit einem Schlüssel hantierte und die mächtige Flügeltür öffnete. Erst kam ein Security-Mitarbeiter zum Vorschein, gefolgt von einem der Archivare, dem Chefarchivar und Kardinal Rossi.

„Was machen Sie denn hier? Sie haben uns ja einen gehörigen Schrecken eingejagt", donnerte Rossi.

„Das tut mir aufrichtig leid, Eminenz, aber offenbar hat man mich vergessen."

„Wie kann denn so etwas vorkommen?", bellte der Chefarchivar in Richtung Archivar, der hilflos die Achseln zuckte und kleinlaut antwortete: „Ich habe wie immer in allen Räumen nachgesehen, bevor ich abgeschlossen habe."

„Was für ein seltsamer Zufall, dass sie mich dabei übersehen haben", antwortete Erika süffisant und wandte sich an Rossi. „Jedenfalls bin ich sehr dankbar, dass Sie mich gefunden haben!", denn ihr war klar, dass nur er die Suchaktion in die Wege geleitet haben konnte. Dann griff sie nach ihrer Handtasche und sagte im Vorbeigehen zum Archivar: „Diese hochinteressanten Unterlagen können sie wieder zurückstellen, ich hatte in der Zwischenzeit ausreichend Gelegenheit, sie zu studieren", und verließ hoch erhobenen Hauptes den Leseraum.

„Haben Sie wenigstens gefunden, wonach sie suchten", rief ihr der Chefarchivar nach.

„Möglicherweise", antwortete sie, ohne sich umzudrehen, und hoffte, Rossi würde sich ihr anschließen, was er dann auch tat.

Sobald sie sich weit genug von den anderen entfernt hatten, flüsterte sie: „Ich weiß noch nicht genau, was hier gespielt wurde, aber diese Unterlagen schienen mir nicht sonderlich geheim zu sein. Wie sind Sie darauf gekommen, mich ausgerechnet hier zu suchen?"

„Eine Kleinigkeit für einen Hobbydetektiv. Ich habe Fuscottis Mail gelesen, und ich war ziemlich sicher, dass es kein diesbezügliches Geheimarchiv gibt."

„Was sollte denn diese Aktion?"

„Ganz genau weiß ich das auch noch nicht, aber ich vermute, Fuscotti wollte Sie aus dem Weg haben, damit er ungestört seine dämlichen Interviews geben konnte."

„Welche Interviews?"

„Angeblich haben ihn die Journalisten nur so belagert und er hätte versucht, der gestrigen Presse-Erklärung in Leos Sinne zu begegnen. In Wahrheit hat er alles, was Leo in letzter Zeit zu den heiklen Themen der Kirche gesagt hat, kleingeredet. Beispiel gefällig?"

Erika war stehen geblieben und nickte.

„Auf die Frage, welche Reformen der Heilige Vater denn beabsichtige, hat er geantwortet: Keine, denn der Papst versuche nicht den Glauben zu reformieren, sondern die Gläubigen."

„Was genau soll ich mir darunter vorstellen? Gehirnwäsche?"

„Fragen Sie ihn, wenn Sie ihn sehen. Ich gehe davon aus, Sie werden ihn wegen der Archiv-Geschichte zur Rede stellen."

„Halten Sie das für klug?"

Sie hatten in der Zwischenzeit ihren Weg wieder fortgesetzt, jetzt war es Rossi, der abrupt stehen blieb. „Sie meinen, Sie lassen ihn in dem Glauben, er wäre Herr der Lage und hätte alles im Griff?" Er wiegte den Kopf und schien darüber nachzudenken, dann sagte er:

„Auch eine Möglichkeit. Aber was erzählen Sie ihm in der Sache der Legionäre Christi?"

„Die Wahrheit. Ich habe die Akten stundenlang gesichtet und – leider - nichts Auffälliges gefunden. Aber was unternehmen wir in Sachen Presse?"

„Im Moment können wir gar nichts tun. Das Bild, das wir nach außen abgeben, ist ohnehin schon desaströs."

„Dann hätten die Herren ja gewonnen – das kann nicht in Ihrem Sinne sein!"

„Natürlich ist es nicht in meinem Sinn. Aber ein Gutes hat die Sache. Wenn es unserem Heiligen Vater mit den Reformen wirklich ernst ist, muss er jetzt rasch reagieren."

Eine unerwartete Auszeit

Erika zweifelte daran, dass Leo sich unter dem Druck der Ereignisse zu einem rascheren Vorgehen bewegen lassen würde. Eher befürchtete sie das Gegenteil. Leo hatte sich noch nie gerne drängen lassen. Sie erinnerte sich an ein Ereignis, das gut vierzig Jahre zurücklag, aber die Erinnerung daran war plötzlich sehr lebendig.

Sie waren beide noch Studenten gewesen und Erika war zur Hochzeit ihrer Cousine eingeladen. Da sie nicht allein gehen wollte, hatte sie Leo gebeten mitzukommen, aber er hatte sich ziemlich geziert. Ein Wort gab das andere und am Ende des Abends hatte sie mehr aus Verzweiflung denn aus Taktik gesagt: „Wenn du mich auf diese Hochzeit nicht begleitest, brauchst du mich mein Leben lang nicht mehr zu begleiten."

Das war's dann. Er war einfach gegangen und hatte monatelang getan, als wäre sie Luft. Erst zu Weihnachten hatte er ihr eine selbst aufgenommene Musikkassette geschenkt – mit ihrer Lieblingsmusik. Sie hatte vor Freude geheult. Die Erinnerung daran trieb ihr heute noch eine Träne ins Auge. Was war sie doch für eine rührselige Gans!

Während sie sich geräuschvoll schnäuzte, betrat ein Mann in Jeans und Lederjacke ihr Büro. Sie musste zweimal hinschauen, ehe sie rief: „Leo! Wie siehst du denn aus - und wo sind die anderen?"

„Meine Tarnkleidung. Alle anderen kommen erst morgen – ganz planmäßig. Der Präsident hat gemeint, es wäre sicherer so, deshalb hat mich der Geheimdienst mit einer schlichten Passagiermaschine nach Hause gebracht."

Irgendwie schien ihm die Sache zu gefallen. Erika hatte das Gefühl, dass er sich auch anders bewegte, irgendwie freier, und plötzlich hatte sie eine Idee.

„Könntest du noch einige Stunden in deiner Verkleidung bleiben?"

„Könnte ich, ich bin ja noch gar nicht da", schmunzelte er.

„Hervorragend. Während der Heilige Vater noch in Amerika weilt, machen wir zwei uns einen netten Abend. Einverstanden?"

„Kommt darauf an, was du unter einem netten Abend verstehst?",
antwortete er zögernd.

„Ein Bummel durch Rom, Abendessen in einer kleinen Trattoria?"
Als er nicht gleich antwortete, spürte sie eine ungeahnte Enttäuschung in sich aufsteigen. Mit zitternder Stimme sagte sie: „Bitte Leo,
gönne uns diese kleine Auszeit. Wer weiß, ob sich so eine Gelegenheit
je wieder ergibt."

„Und wenn mich jemand erkennt?"

„Wie sollte man, wo doch, spätestens seit dem Anschlag, alle Welt
weiß, dass du bei Obama weilst."

Zu ihrer unglaublichen Erleichterung antwortete er nach kurzem Zögern: „Also gut. Aber du musst zahlen. Ich habe nämlich kaum Geld
bei mir, bloß ein paar Dollars."

*

Der Abend war so unfassbar schön gewesen, Erika zehrte immer noch
davon. Sie hatten sich unter die Touristen gemischt, waren durch die
römischen Gassen gebummelt und hatten in Robertos Lieblingsrestau-
rant ganz köstliche Gnocchi und einen nicht minder köstlichen Fisch
gegessen. Dabei hatten sie über alte Zeiten geplaudert, und Leo hat
sich sogar zu einem Campari und einem Glas Rotwein überreden lassen. Niemand hatte sie beachtet, sie waren einfach ein ganz gewöhnli-
ches Paar gewesen. Erst als sie sich dem vatikanischen Palast näherten,
sagte Leo: „Wenn mich Fuscotti jetzt sieht, trifft ihn der Schlag."

„Das wäre die gerechte Strafe dafür, dass er mich in einem vermeint-
lichen Geheimarchiv nichtssagende Unterlagen hat sichten lassen",
antwortete sie gut gelaunt und erzählte in Kurzform, was sich während seiner Abwesenheit, von der unseligen Presse-Erklärung einmal
abgesehen, noch alles ereignet hatte.

„Langsam wird er mir unheimlich", war alles, was Leo dazu sagte.

*

In der Zwischenzeit war längst wieder Alltag eingekehrt – soweit man eben von Alltag sprechen konnte, wenn ein Teil der Kurie eine Reise des Papstes zum Anlass nimmt, die von ihm angestrebten Reformen als schändlich, unwürdig und vollkommen falsch zu bezeichnen.

Seit seiner Rückkehr aus Amerika bestand Leo – sehr zu Fuscottis Unwillen - vermehrt darauf, selbst festzulegen, wen er sehen und mit wem er telefonieren wollte.

Leo gegenüber erwähnte Fuscotti das mit keinem Ton, dafür ließ er seine schlechte Laune an allen anderen aus.

Als Erika an diesem Morgen dazu gekommen war, wie er einen jungen Priester zur Minna machte, sagte sie danach: „Es geht mich ja nichts an, aber musste das sein?"

Fuscotti hatte sie angesehen wie einen lästigen Zwerg und geantwortet: „Sie haben es erfasst, es geht Sie nichts an."

Am liebsten hätte sie ihm eine gescheuert, aber das war leider nicht ihr Stil, also knallte sie ihm die Unterlagen auf den Schreitisch, derentwegen sie eigentlich gekommen war, und verließ wortlos sein Büro.

Während sie sich auf den Weg zur Sitzung der sogenannten Reformkommission machte, die sich in den letzten Monaten eher zu einer Stillstands-Kommission gemausert hatte, delektierte sie sich an der Vorstellung, was wohl geschehen wäre, hätte sie Fuscotti tatsächlich eine gescheuert. Natürlich war Gewalt keine Lösung – aber manchmal tat einfach schon die Vorstellung gut.

Dermaßen beschwingt beschloss sie, den Herren heute einmal ordentlich Dampf zu machen. So hatte das ja alles gar keinen Sinn. Sie würde ihnen den Vorschlag unterbreiten, einen Fragebogen an die Theologischen Fakultäten zu versenden und Professoren wie Studenten zu den Themenkreisen Zölibat, Sexualität und Frauen in der Kirche zu befragen.

∗

Die Sitzung dauerte schon über eine Stunde, als Kardinal Calvi sich zu Wort meldete: „Ich finde Ihren Vorschlag im höchsten Maße unverantwortlich, denn die bei den Menschen geweckten Erwartungen sind doch vollkommen unrealistisch. Gesetz ist nun einmal Gesetz und über Wahrheiten lässt sich nicht diskutieren!"

„Ich sehe das genauso", assistierte Benetti, der Kardinal Staatssekretär, der die heutige Sitzung mit seiner Anwesenheit beehrte. „Für das von Frau Professor Wagner diesmal ausnahmsweise nicht angesprochene Thema der wiederverheirateten Geschiedenen gilt im Übrigen das Gleiche. Homosexualität ist im Übrigen ebenso unakzeptabel, daher kann auch in diesen Punkten von einer Änderung keine Rede sein."

Erika holte erst einmal tief Luft, ehe sie fragte: „Und was machen wir dann hier?"

„Seine Heiligkeit hat uns aufgetragen darüber zu reden, also reden wir!", konterte Calvi.

„In aller Offenheit zu reden", ergänzte Benetti süffisant.

„Auch das noch", blaffte Erika und warf einen Blick in die Runde. Während die einen zufrieden vor sich hin lächelten, schien den anderen die Empörung ins Gesicht geschrieben. Einer der Empörten war Kardinal Rossi, der nun das Wort ergriff.

„Die Probleme, die wir hier diskutieren, wurden auch vor vierzig Jahren schon diskutiert, und eines kann ich euch versichern: Wäre Johannes Paul I nicht ermordet worden, wären all diese Vorhaben längst umgesetzt."

„Dann hat der Herr ihm Einhalt geboten und es ist gut, so wie es ist", konterte Calvi mit einem Blick, der an Arroganz nicht zu überbieten war.

„Ich glaube nicht, dass der Herrgott seine Hände im Spiel hatte", entgegnete Rossi. „Ich glaube vielmehr, dass diese Hände einem Menschen gehörten. Möglicherweise sogar mehreren. Nicht auszuschließen, dass wir den einen oder anderen kennen."

*

Schon eine Stunde später saß Erika Leo in seinem Arbeitszimmer gegenüber und hatte eben ihren Bericht beendet. Leo hatte sich alles ruhig angehört, jetzt sagte er: „Ehrlich gesagt halte ich deinen Vorschlag, Fragen von so gravierender Bedeutung ausgerechnet den Universitäten vorzulegen, auch für etwas unausgegoren."

Das war jetzt nicht ganz die Reaktion, die sie erwartet hatte. Vielleicht antwortete sie deshalb etwas schnippisch: „Du wolltest eine Reformkommission."

„Ich will immer noch eine Reformkommission, aber ich will keine Palastrevolution."

Sie zählte leise bis drei, eine Methode, die sie früher bei uneinsichtigen Studenten angewandt hatte, ehe sie in sachlichem Ton fortfuhr: „Wenn man will, dass sich die Kirche für die Menschen öffnet, dann muss man zulassen, dass dieses Match auch an der Basis gespielt wird. In Wahrheit müsste man alle Gläubigen befragen. Was ich vorgeschlagen habe, war vergleichsweise harmlos."

„Mit Leuten wie Benetti und Calvi kann man einfach keine Reformen machen", hörten sie Kardinals Rossis kräftigen Bass von der Tür her.

Erfreut drehte sie sich um: „Eminenz, wie schön!"

„Ich dachte mir schon, dass Sie Verstärkung brauchen", antwortete Rossi und nahm unaufgefordert auf dem zweiten Besuchersessel Platz.

„Und was wäre eurer Meinung nach zu tun?", fragte Leo. Erika fand, es klang nach beleidigter Majestät, und überlegte, wie sie darauf reagieren konnte, ohne ihn zu kränken.

Rossi hingegen hatte dafür entweder keine Antenne, oder er setzte sich bewusst darüber hinweg. Er verschränkte die Arme und antwortet kämpferisch: „Du musst einfach nur Benetti und Calvi aus ihren Ämtern werfen."

„Das ist alles?", fragte Leo pikiert.

„Leider nicht, aber es wäre ein erster Schritt."

Vatikanische Machenschaften, die Siebente

„Ich sage dir, unser Vorhaben steht unter keinem guten Stern", prophezeite Massimos Besucher düster und trat ans Fenster, durch das man einen ausgezeichneten Blick in die Vatikanischen Gärten hatte.

„Du willst doch nicht kneifen, nur weil unsere Bemühungen beim ersten Mal gescheitert sind. Außerdem – so schlecht steht unsere Sache gar nicht. Die Presse-Erklärung hat eine Menge Staub aufgewirbelt."

„Möglich, aber Leo sitzt immer noch auf dem Stuhl Petri."

„Aber nicht mehr lange", lachte Massimo. Es klang diabolisch. Er reichte seinem Gast ein Glas: „Da, trink! Unser erster Wein aus eigener Ernte."

Sein Gast nahm einen kleinen Schluck und verzog das Gesicht.

„Stell dich nicht so an, natürlich muss er noch reifen, aber das Weingut ist eine hervorragende Kulisse für unser Hotel. Das liegt genau im Trend, so etwas mögen die Leute."

„Du denkst auch nur an Geld."

„Aus gutem Grund, denn um unser Ziel zu erreichen, brauchen wir Geld, viel Geld. Erst vorige Woche musste ich das Gehalt einiger Journalisten ein wenig aufbessern, andernfalls wäre die Rede, die Leo nach seiner Rückkehr gehalten hatte und die in nicht ganz unwesentlichen Punkten vom Vorschlag der Kurie wieder einmal bedauerlich abwich, in vollem Umfang gesendet worden."

Sein Gast nickte bedächtig. „Ich weiß, aber wir haben doch Geld genug auf den Konten."

„Schon, aber keiner weiß, wann wir unser Ziel erreichen und bis dahin kann noch einiges passieren. Dall' Oglio ist uns hart auf den Fersen."

Sein Gast erbleichte. „Du meinst, er ahnt, wer hinter Pinot und der Stiftung der Madonna von Lourdes steht?"

„So weit sind diese Hohlköpfe noch lange nicht. Aber Leo will das Geld der Stiftung karitativen Zwecken zuführen. Wenn das geschieht, sind wir auf die Einkünfte angewiesen, die wir mit Orlandi verdienen."

„Wir müssen ihn stoppen", rief sein Gast aufgeregt.

„Ja", antwortete Massimo bedächtig. „Das müssen wir wohl, und das werden wir auch, mit Gottes Hilfe!"

Eine Weile blieb es still, Massimo hatte sich wieder seinem Computer zu-
gewandt, während sein Gast aus dem Fenster sah und sagte: „Da schau her!
Der Pontifex und seine Hure. Es ist eine Schande!"

Aschermittwoch

„Das glaube ich nicht!", rief Clemens und starrte auf seinen Bildschirm. „Das ist … das ist einfach unfassbar!"

„Unfassbar gut oder unfassbar schlecht", fragte Ulrike, die wieder einmal damit beschäftigt war, seine Belege zu ordnen. Eine Tätigkeit, die offenbar ihre ganze Konzentration erforderte, denn ihr Interesse schien bestenfalls lauwarm.

„Da, lies selbst."

Sie trat hinter seinen Schreibtischsessel, legte eine Hand auf seine Schulter und stützte sich mit der anderen auf seinen Schreibtisch. So war sie ihm ziemlich nahe, er konnte ihr zartes Parfum riechen und verlor auf der Stelle das Interesse an dem Artikel, der allerdings wirklich ziemlich sensationell war, wie auch Ulrike zugeben musste. Kein geringerer als der kürzlich emeritierte Weihbischof äußerte seinen Respekt für jene mehr als fünfzig Priester, die sich allein in Österreich in den letzten Wochen dazu bekannt hatten, eine Liebesbeziehung zu einer Frau zu haben. Viele hätten auch Kinder und es sei sicher nicht im Sinne jenes barmherzigen Gottes, an den er immer noch glaube, dass Priester gezwungen werden, Frauen und Kinder zu verheimlichen und zu vernachlässigen. Noch dazu, wo er keinen zwingenden Grund für ein verpflichtendes Zölibat erkennen könne.

Anlass für diese mehr als erstaunlichen Äußerungen war ein erst kürzlich ausgestrahltes Fernsehjournal, in dem ein Priesterkollege erzählt hatte, wie sehr er und seine Kinder darunter gelitten hätten, dass er sie stets verleugnen musste. Sie mussten ihn „Onkel" nennen, dazu hatte er sich verpflichten müssen, sonst wäre er sein Amt los gewesen.

Clemens war zwar der Meinung, dass dem werten Kollegen ein gewisses schauspielerisches Talent nicht abzusprechen war, aber die Sendung schien jedenfalls eine positive Wirkung gehabt zu haben. Konnte man einen besseren Fürsprecher haben als einen emeritierten Weihbischof?

„Das muss gefeiert werden. Was hältst du davon, wenn ich dich heute Abend zum Essen einlade?", fragte er gut gelaunt.

„Wenig. Heute Abend ist Bibelrunde."

„Stimmt, dann eben morgen."

„Besser übermorgen, morgen ist Ballprobe."

Ulrike, eine begnadete Tänzerin, hatte es übernommen, für den Pfarrball die Eröffnungspolonaise mit einigen jungen Paaren einzustudieren.

„Darf ich wenigstens mittanzen?"

„Bei der Eröffnung? Ungünstig. Ich glaube, unser ältester Tänzer ist fünfundzwanzig. Aber danach üben wir den Wiener Walzer, dazu bist du herzlich willkommen."

„Wiener Walzer? Eine meiner leichtesten Übungen."

„Hervorragend. Dann bist du als Aushilfstanzlehrer engagiert."

„Vom Dechant zum Aushilfstanzlehrer", scherzte Clemens vergnügt.

„Das nenn ich eine Karriere."

Am nächsten Tag erhielt er eine sehr formelle Einladung zu einem Gespräch mit dem Kardinal. Der Termin war für den Aschermittwoch angesetzt. Clemens schrieb auf seinen Kalender „Gespräch K" und verbannte die Einladung in seine Schreibtischlade. Er machte sich über den Inhalt des Gesprächs keine Illusionen. Der Kardinal hatte ihn ja gewarnt, aber diesmal war Clemens hart geblieben. Ulrike würde er vorerst nichts erzählen, sie freute sich so auf den Pfarrball – und jetzt war erst einmal Fasching.

*

Da es für Clemens selbstverständlich war, den Aschermittwoch als strengen Fasttag zu halten, hatte Ulrike schon am Faschingsdienstag die Mitglieder des Pfarrgemeinderates samt Ehegatten und -gattinnen zu einem vorgezogenen Heringsschmaus in den Pfarrsaal geladen. Erst als gegen Mitternacht die letzten Gäste gegangen waren, gestand er ihr, dass er am nächsten Morgen nach Wien fahren müsse, weil er um elf Uhr einen Termin beim Kardinal hatte.

„Das sagst du mir erst jetzt?", fragte Ulrike irritiert. Dann setzte sie hinzu: „Das heißt, du erwartest nichts Gutes."

Er nickte, küsste sie auf die Wange und ging wortlos ins Pfarrhaus.

Er hatte nun einige Tage mit mäßigem Erfolg versucht sich vorzugaukeln, dass es ihm nichts ausmache, wenn der Kardinal ihn seines Amtes enthebt. Er hatte schließlich damit gerechnet. Stimmt, hatte er. Dennoch schlief er schlecht und fühlte sich am Morgen entsprechend elend.

Das Gespräch zog sich dann auch endlos dahin und erst als der Kardinal sagte: „Ich hätte wirklich mehr Augenmaß und Klugheit von Ihnen erwartet", erwachte sein alter Kampfgeist.

Der Kardinal hatte ihm zuvor ohne große Umschweife erklärt, dass er entweder das Verhältnis mit Ulrike beenden und sämtliche Ämter in der Reformbewegung zurücklegen müsse oder er würde dafür sorgen, dass er bald ohne Pfarre dastünde.

„Eminenz verlangen einen großen Schritt", entgegnete Clemens.

Als der Kardinal antwortete, er verlange keinen großen Schritt, er verlange Gehorsam, platze Clemens endgültig der Kragen. „Sind wir hier in einem Erziehungsheim?", fragte er mit bebender Stimme.

„Wir alle sind zum Gehorsam verpflichtet", entgegnete der Kardinal salbungsvoll.

„Und ich dachte immer, wir wären zu Wahrheit und Barmherzigkeit verpflichtet. Da bin ich ja all die Jahre von vollkommen falschen Voraussetzungen ausgegangen. Kein Wunder, dass ich alles falsch gemacht habe. Gehorsam war übrigens noch nie mein bestes Fach gewesen, und wenn es in unserer Kirche nur noch um Gehorsam geht, dann möchte ich ohnehin nicht mehr dazugehören. Ich werde mich noch heute an den Vatikan wenden. Wie Sie vielleicht wissen, kenne ich unseren Papst noch von früher. Ich werde ihn bitten, mein Weltbild wieder zurechtzurücken oder aber mein Ersuchen um Laisierung entgegenzunehmen. Grüß Gott!"

Damit verließ er den verblüfften Kardinal.

*

Fasttag hin oder her, bevor er zurückfuhr, würde er sich erstmal einen ordentlichen Kaffee gönnen, beschloss Clemens. Ein paar Schritte über den Graben zu gehen, konnte auch nicht schaden. Mit Wut im Bauch sollte man sich ohnehin nicht hinters Lenkrad setzen. Vermutlich sollte er auch einen Happen essen. Es musste ja keine Sachertorte sein, ein Buttersemmerl wär auch nicht schlecht und fastenmäßig gerade noch zu vertreten.

Nachdem er sich solchermaßen gestärkt auf den Weg zu seinem Auto machte, beschloss er, noch rasch einer der Buchhandlungen einen Besuch abzustatten, an denen konnte er ja nie vorbeigehen. Er erstand einen Steiermark-Krimi für sich und einen Sylt-Roman für Ulrike, sie liebte den Norden und träumte von einer gemeinsamen Reise nach Sylt. Dann ging er zur Kassa. Während er mit einiger Heiterkeit zuhörte, wie ein junger Mann, vermutlich der Lehrling, einen Kunden fragte, ob es sich bei dem Buch „Der Schimmelreiter" um ein Pferdebuch handelte, fiel sein Blick auf einen Titel, der sofort sein Interesse weckte: „Der Vatikan – Fels in der Brandung oder Stein des Anstoßes" war da zu lesen, und der Autor war kein geringerer als Max Zehetmayer. Dem Klappentext war zu entnehmen, dass sich das Buch mit der Situation der Kirche im Allgemeinen und den Verstrickungen der Kurie in dubiose Bankgeschäfte befasste. Das Buch musste er haben, wenn es auch einen stolzen Preis hatte.

Als er endlich auf der Autobahn war, spürte er, wie die Anspannung der letzten Stunden langsam von ihm abfiel und der Vorfreude aufs Heimkommen wich. Wie immer sich die Sache auch entwickelte, Ulrike und seine Freunde würden zu ihm halten. Was für ein tröstlicher Gedanke.

Erst nachdem er das Aschenkreuz gespendet und die Reste des Heringssalates verputzt hatte, des Fasttags wegen trank er nur Wasser dazu, erzählte er Ulrike, was in Wien los war. Abschließend sagte er: „Ich habe übrigens beschlossen, mich nicht brieflich an Leo zu wenden. Wir werden ihm einen Besuch abstatten."

„Du meinst, du bekommst eine Privataudienz?"

„Geh Schatzerl, der Leo war mein Freund. Wenn wir auch sehr unterschiedliche Wege eingeschlagen haben und mindestens ebenso unterschiedliche Ansichten vertreten, so brauch ich doch keine Audienz. Ich will einfach nur mit ihm reden. Ich telefoniere gleich morgen mit Erika und dann machen wir beide eine Reise nach Rom. Freust du dich?"

Er wartete ihre Antwort gar nicht ab, so sicher war er, dass sie das genauso sehen würde. Dann schnappte er sich das Buch über den Vatikan und verzog sich in seine Leseecke.

Der Verdacht

Auch Leo hatte das Buch über den Vatikan auf dem Stapel der ungelesenen Bücher liegen, aber es drängte ihn nicht gerade, danach zu greifen. Max Zehetmayer war schon lange nicht mehr sein Freund – im Grunde war er es nie gewesen. Nur weil sie gemeinsam studiert hatten, mussten sie einander ja nicht mögen. Außerdem hatte Max schon als Student ziemlich krause Ideen vertreten. Tagsüber hatte Leo ohnehin wichtigere Dinge zu tun und abends war er meistens hundemüde. Kein Wunder, schließlich war er keine zwanzig mehr, wenn man ihn auch für einen jungen Papst hielt, aber mit 65 war man eben nur für vatikanische Verhältnisse jung. Heute fühlte er sich noch älter, denn er hatte schlecht geschlafen. Kein Wunder, Kardinal Calvi hatte sich aus Anlass seines Geburtstages erlaubt, ihn und einige Purpurträger zu einem einfachen Abendessen zu bitten. Was der so unter einfach verstand. Zum Glück hatte er von dem unglaublich schweren Rotwein nur genippt, aber schon in diesem französischen Fleischtopf waren vermutlich einige Liter Rotwein verkocht worden. Nur gut, dass Katharina ihn von seiner Zwiebelunverträglichkeit befreit hatte, sein Gewand hatte heute Morgen noch nach Zwiebel gerochen.

Während er automatisch mit Monsignore Rinaldo die Termine des Tages durchging, überlegte er, ob sich vielleicht ein kleiner Spaziergang mit Erika ausgehen könnte. Er hatte sie schon seit drei Tagen nicht gesehen, weil sein Terminkalender stets zum Bersten voll war.

*

Erika war hocherfreut, als Roberto ihr nach dem täglichen Termincheck einen Notizzettel auf den Tisch legte, auf den Leo nur geschrieben hatte: *14 Uhr 00 – wie immer. L*

Dennoch ärgerte sie sich manchmal über die Selbstverständlichkeit, mit der er einfach davon ausging, dass sie es einrichten würde. Aber gut, er war der Papst. Außerdem musste sie endlich mit ihm über Clemens sprechen, der wartete schon über eine Woche auf Antwort, aber sie hatte Leo in dieser Zeit nur zweimal gesehen, einmal zum Abendessen mit den Sekretären, doch da hatte sich keine Gelegenheit zu einem privaten Wort ergeben. Beim zweiten Mal hatte Leo dermaßen schlechte Laune, dass sie das Thema besser nicht ansprechen wollte. Gut, an dem Tag hatte er auch allen Grund dazu gehabt, schließlich hatte der Kardinal-Staatssekretär ihm – wenn auch mit wohlgesetzten Worten – vorgeworfen, selbst an den zahlreichen Outings europäischer Priester schuld zu sein, weil er mit seinen Aussagen diese geradezu ermutige. Schön wär's, dachte Erika, aber das Gegenteil war der Fall. Es stimmte zwar, dass Leo sich, wenngleich sehr vorsichtig, mehrfach zu Themen wie Zölibat und Homosexualität in einer Weise geäußert hatte, die bei vielen Hoffnungen geweckt hatte. Aber je mehr Druck von der Basis kam, desto mehr ruderte er zurück. Es war zum aus der Haut fahren, vor allem wenn sie daran dachte, dass sie selbst Clemens auch noch ermutigt hatte. Sicher, die Idee mit den Outings stammte von Katharina, aber sie hatte sie großartig gefunden.

„Darf ich stören?"

Erschrocken sah sie auf. „Immer doch!" Es war ihr gar nicht aufgefallen, dass Monsignore Rinaldo ins Zimmer gekommen war.

„Ich hätte da eine ziemlich komplizierte Sache, in der ich ihren Rat brauche", begann Rinaldo in seiner etwas zögerlichen Art und erzählte eine etwas umständliche Geschichte von einer ehemaligen Jugendfreundin, die später in einen Orden eingetreten und nun, plötzlich und unerwartet, zur Oberin gewählt worden war.

„Gratuliere", sagte Erika ohne besondere Begeisterung.

„Danke", erwiderte Rinaldo. „Angela hat sich anfangs auch sehr gefreut, aber mehr und mehr befürchtet sie, auch wenn sie das so nicht gesagt hat, der Angelegenheit nicht gewachsen zu sein."

„Weil sie noch so jung ist?"

Rinaldo lächelte zum ersten Mal, seit er den Raum betreten hatte. „Das gerade nicht. Aber der Orden betreibt auch ein Spital und Angela ..."

„Verstehe", unterbrach Erika etwas ungeduldig. Sie mochte Rinaldo, fand aber seine Art zu erzählen gelegentlich etwas ermüdend. „Sie fühlt sich mit der Leitung des Spitals überfordert."

„Angela ist Medizinerin, das Spital ist ihr Leben."

„Wo ist dann das Problem?"

„Das Problem ist, das es dem Spital am Nötigsten fehlt, obwohl Angela seit Kurzem der Meinung ist, es müsste genügend Geld vorhanden sein."

Langsam begann die Geschichte interessant zu werden, fand Erika und fragte: „Wie kommt sie darauf?"

„Angela meinte, sie kann mir das am Telefon nicht erklären und ich sollte am kommenden Wochenende vorbeikommen."

„Warum tun Sie's dann nicht?"

„Ich habe es ja vor, aber ich möchte Sie bitten, mich zu begleiten", antwortete Rinaldo zögerlich und leicht errötend.

Das kam allerdings unerwartet. „Ich soll mit Ihnen verreisen?" Hallo? Es war ihr in letzter Zeit schon manchmal so vorgekommen, als suche Rinaldo öfter als früher ihre Gesellschaft. Hoffentlich machte der Junge sich nicht irgendwelche dummen Gedanken.

„Wir könnten Samstagmittag losfahren, es sind nur etwa 150 km, und im Kloster übernachten. Es liegt mir wirklich viel daran, Angela zu unterstützen, aber ich fürchte, dass ich allein dazu nicht in der Lage sein könnte."

Armer Junge. Selbstvertrauen war nun wirklich nicht seine hervorstechendste Eigenschaft. Dabei war er doch ein kluger, gutaussehender junger Mann. Er könnte im Übrigen ihr Sohn sein. Dieser Gedanke beruhigte sie soweit, dass sie dem Plan zustimmte.

*

Die Sonne schien aus einem wolkenlosen, blauen Himmel, Erika ließ die Landschaft an sich vorüberziehen und überlegte, wie es wohl wäre, mit Leo so durch die Lande zu fahren. Schade, dass er für Clemens so wenig Verständnis zeigte, wenn er sich auch bereit erklärt hatte, ein Gespräch mit ihm zu führen.

Hatte sie es sich nur eingebildet, oder war Leo tatsächlich eine Spur kühler gewesen, als sie sich heute von ihm verabschiedet hatte? Ob Leo zur Eifersucht neigte? Sie würde es vermutlich nie erfahren. Schade eigentlich.

„Kennen Sie Schwester Angela schon lange?", fragte sie Rinaldo, um sich auf andere Gedanken zu bringen.

„Mehr als zwanzig Jahre. Sie war eine Studienkollegin meiner Schwester und häufig bei uns zu Gast. Im Gegensatz zu meiner Schwester hat sie ihr Studium auch abgeschlossen – summa cum laude."

„Und warum ist sie dann ins Kloster gegangen?"

Rinaldo zögerte, dann sagte er: „Das kam für uns alle überraschend."

Wenig später fuhren sie durch ein schmiedeeisernes Tor und eine geschwungene Allee, die zum Kloster führte.

„Was für ein hässlicher Kasten", entfuhr es Erika.

Rinaldo grinste. „Die armen Schwestern der göttlichen Liebe sind halt arm, aber dafür geht es recht fröhlich zu. Nicht dass Sie mich falsch verstehen, ich meine damit nur, die Schwestern hier haben alle einen weltlichen Beruf, in dem sie auch arbeiten. Die meisten hier im Krankenhaus, aber der Orden betreibt auch einen Kindergarten und eine Bibliothek."

Kaum waren sie ausgestiegen, kam eine Schwester auf sie zugelaufen: „Roberto, was für eine Freude!"

Rinaldo sagte nur: „Angela!", diesmal sprach er den Namen italienisch aus, und so wie er es sagte, fielen Erika auf der Stelle die Schuppen von den Augen. Hatte Leo nicht erzählt, er vermute, dass der Monsignore eine Vorliebe für eine junge Dame haben könnte. Ganz klar, das war sie: Angela. Erika hätte laut lachen können, als sie daran dachte, dass sie noch vor einigen Tagen geglaubt hatte, das zarte Erröten hätte ihr gegolten. Was für eine eitle Gans sie doch war.

Bei einer Tasse Kaffee hatte sie später Gelegenheit, die Dame näher in Augenschein zu nehmen. Sie war vermutlich Ende dreißig, nicht ganz schlank, aber auch nicht dick, unter dem Schleier lugten kastanienbraune Haare hervor, aber das auffallendste an ihr waren diese fröhlichen Augen.

Erst hatten sich die beiden über Verwandte unterhalten, die Erika nicht kannte, aber selbst jetzt, wo Schwester Angela von ihren Problemen im Spital erzählte, weil es an allen Ecken und Enden an Geld fehlte, strahlten ihre Augen heiteren Optimismus aus und Erika dachte: Genau so sollten Ärztinnen sein.

„Und wieso meinst du, das Kloster sollte über ausreichende Mittel verfügen?", fragte Rinaldo.

„Wie du weißt, ist meine Familie nicht ganz unvermögend und mein Vater hat das Kloster schon früher finanziell unterstützt. Als ich dann in den Orden eintrat, war er stinksauer und hat seine Zuwendungen erst einmal eingestellt. Anlässlich meiner Bestellung zur Oberin habe ich ihn gefragt, ob er uns nicht doch wieder ein wenig unter die Arme greifen könnte. Mein Vater hat nur gelacht und gemeint, dass er das schon seit geraumer Zeit wieder tue – und nicht zu knapp."

Angela nahm einen Schluck Kaffee und Erika sagte: „Aber das muss doch festzustellen sein."

Angela nickte. „Genau das habe ich mir auch gedacht und mir unsere Bücher vorgenommen. Die direkten Zuwendungen meines Vaters waren auch alle ordnungsgemäß verbucht, genau wie die einiger anderer Spender, aber die Höhe der Ausgaben hat mich überrascht. Also habe ich weitergesucht und Überweisungen gefunden, deren Unterschrift mir gänzlich unbekannt war. Daraufhin habe ich mit unserer Bank telefoniert, aber die wollen mir über die Zeit vor meiner Bestellung zur Oberin keine Auskünfte geben, weil ich damals noch nicht befugt gewesen sei. Also, ich bin ja keine Juristin, aber das kann doch wohl nicht rechtens sein!"

„Welche Bank führt denn eure Konten?"

„Natürlich die Vatikan-Bank. Deshalb wollte ich ja mit dir reden."

„Vertraust du denn deiner Vorgängerin nicht?", fragte Rinaldo, sichtlich bemüht, die Sache abzubiegen.

Angela zuckte die Schultern. „Was soll ich sagen. Sie hätte dem Orden niemals bewusst geschadet, aber ich fürchte, die Verwaltung war ihr schon seit Längerem über den Kopf gewachsen. Immerhin war sie fast achtzig, als sie sich zurückgezogen hat."

Angela fuhr ihren PC hoch und sagte nebenher: „Den hat auch Papa mir geschenkt, meine Vorgängerin hat die Buchhaltung noch händisch geführt."

Dann druckte sie einige Listen aus und reichte sie den beiden. „Hier, eine Aufstellung der Ausgaben der letzten fünf Jahre. Soweit ich die dazugehörigen Rechnungen finden konnte, handelte es sich fast ausschließlich um Baumeister-Rechnungen einer Firma Orlandi. Leider verstehe ich davon nicht das Geringste, aber ich bin ziemlich sicher, diese Firma noch nie hier gesehen zu haben."

„Kein Wunder, du verbringst ja die längste Zeit im Spital, und alte Häuser sind bekanntlich ein Fass ohne Boden", meinte Rinaldo.

„Ja, schon", entgegnete Angela. „Aber schau dich doch mal um. Wir können gerne einen Rundgang machen. Dann sagst du mir, wo genau das Geld hingeflossen sein könnte."

Zu dritt machten sie sich auf den Weg. Schon nach kurzer Zeit dachte Erika: Die Frau hat recht. Um zu sehen, dass in diese Gebäude seit Jahren, vermutlich seit Jahrzehnten, nicht mehr als das Allernotwendigste geflossen sein konnte, musste man wahrlich kein Fachmann sein - das sah ja ein Blinder mit Krückstock.

*

Erika hatte eigentlich vorgehabt, die beiden zum Abendessen einzuladen, aber Angela sagte, dass könne sie ihren Mitschwestern keinesfalls antun; man bekäme leider selten Besuch, schon gar nicht aus dem Vatikan, und sie würden bereits mit Spannung erwartet werden.

Na bravo, dachte Erika, die sich auf ein schmackhaftes Pasta-Gericht und einen gemütlichen Abend in einer Trattoria gefreut hatte.

Gegen die Klosterküche war allerdings wirklich nichts einzuwenden. Sie bekamen eine sehr schmackhafte Minestrone mit frisch geriebenen Parmesan und danach Penne alla bolognese, wie Erika sie selten besser gegessen hatte. Zur Feier des Tages reichte man dazu ein Glas Rotwein und als Nachspeise gab es eine Zabaione. Es wurde viel geredet und gelacht und wenn Erika auch nicht alles verstanden hatte, so war es doch ein recht vergnüglicher Abend gewesen.

Zum Frühstück gab es dann Kaffee und einen selbstgebackenen Kuchen aus Germteig, der Erika am ehesten an einen Kärntner Reindling erinnerte und wirklich gut schmeckte.

Während des gemeinsamen Besuchs der Sonntagsmesse, bei dem sich herausstellte, dass Angela auch eine hervorragende Sängerin war, überlegte Erika, wie sie es anstellen konnte, dass die beiden wenigstens noch ein Stündchen für sich allein hatten. Sie würde einfach sagen, sie wollte noch ein Stück spazieren gehen. Doch daraus wurde nichts, weil es nach der Messe in die Klostercafeteria ging, der man, wie Angela ihnen erklärte, keinesfalls fernbleiben durfte, und danach ging es zum Mittagessen. Diesmal gab es gebratenen Fisch mit Kartoffel und Salat.

Auf ihre Frage: „Wieso könnt ihr Italiener eigentlich pausenlos essen?", sagte Angela nur lachend: „Ist doch Sonntag!"

Doch bevor sie abfuhren, wurde Angela noch einmal ernst. „Du vergisst bitte nicht, mir die fraglichen Belege zu besorgen", sagte sie zu Rinaldo, es hatte allerdings eher wie ein Befehl geklungen. „Und habe bitte ein Auge auf Luigi, ich weiß, dass er kreuzunglücklich ist, wenn er es auch nicht zugibt." Luigi war Angelas kleiner Bruder, der seit seiner Priesterweihe als Sekretär im Vatikan arbeitete.

„Kennen Sie diesen Luigi?", fragte Erika, als sie im dichten Nachmittagsverkehr langsam auf Rom zurollten.

Rinaldo nickte. „Ich habe mich doch selbst für seine Aufnahme eingesetzt. Allerdings kam er dann doch nicht in die Bibliothek, was eigentlich sein Wunsch gewesen wäre. Luigi ist eher der wissenschaftliche Typ."

„Und wo arbeitet er jetzt?"

„Im Staatssekretariat."

„Der Arme", entfuhr es Erika, denn es war allgemein bekannt, dass das Arbeitsklima im Staatssekretariat ziemlich ungemütlich war. Wenn Luigi dort der jüngste aller Sekretäre war, würden die anderen ihn vermutlich als Fußabstreifer benutzen.

Eine Weile war es still im Wagen, dann sagte Rinaldo: „Ich überlege die ganze Zeit, ob ich den Heilige Vater bitten sollte, dem Kloster finanziell ein wenig unter die Arme zu greifen."

„Geht das denn so einfach?"

„Es gibt da die sogenannte päpstliche Schatulle. Das sind Gelder, über die ausschließlich und direkt der Heilige Vater verfügen kann."

„Einfach so?"

„Einfach so. Allerdings hat Papst Leo, soweit ich weiß, bisher noch nie davon Gebrauch gemacht."

„Und woher kommen diese Gelder?"

„Es sind die Erträge aus unserer Bank."

„Und Sie meinen, darüber könnte er einfach so verfügen, nach Gutdünken?"

„Jedenfalls scheinen diese Gelder nicht in den offiziellen Bilanzen auf."

„Das kann ich mir nicht vorstellen. Also wirklich Roberto, ich fürchte, da haben Sie etwas falsch verstanden!"

Irrwege

Doch als Erika Leo lachend erzählte, dass Monsignore Rinaldo meine, Leo säße auf einem Haufen Geld, über das er einfach frei verfügen könne, antwortete der: „Ganz unrecht hat er nicht. Es gibt so etwas Ähnliches. Nennen wir es eine Portokasse für alle Fälle. Es wundert mich, dass du das nicht weißt."

„Und wäre diese Portokasse ausreichend gefüllt, um dem Spital der armen Schwestern ein Ultraschallgerät zu ermöglichen?"

„Sagen wir so, dazu ist sie nicht da."

„Und wozu ist das Geld dann da?"

Leo war aufgestanden und ans Fenster getreten, so dass er mit dem Rücken zu ihr stand, als er antwortete: „Ich glaube nicht, dass das in deinen Bereich fällt."

Es hatte aggressiv geklungen und Erika fühlte sich, als hätte ihr jemand einen Schlag in die Magengrube versetzt. Heiliger Himmel, sie hatte doch nur gefragt, ob er den armen Schwestern etwas unter die Arme greifen konnte. Das war doch kein Verbrechen. Wozu war dieses verdammt Geld denn da?

Es war ganz still im Raum, Leo stand immer noch vollkommen unbeweglich am Fenster. Einen Moment hoffte sie, er würde die Worte vielleicht zurücknehmen oder sich entschuldigen. Obwohl sie sich nicht erinnern konnte, dass Leo sich jemals entschuldigt hätte.

Nach ein gefühlten Ewigkeit sagte sie: „Und was genau fällt in meinen Bereich."

„Du bist hier, um eine Reformkommission zu leiten. Ich dachte, das wüsstest du. Bedauerlicherweise scheint die Angelegenheit ins Stocken geraten zu sein."

„Klar ist sie ins Stocken geraten. Mit Leuten wie Fuscotti, Calvi und unserem ehrwürdigen Kardinal-Staatssekretär kann man ja keine Reformen machen, ich dachte, das wüsstest DU!"

Es war ihr gar nicht aufgefallen, dass sie dabei aufgesprungen war, aber da sie nun schon mal stand, konnte sie auch gleich gehen.

***

Leo hörte die Tür ins Schloss fallen, offenbar hatte Erika es vorgezogen zu gehen. Vielleicht war das ja besser so. Vielleicht wäre es überhaupt besser, wenn sie den Vatikan verließe. Was war ihm überhaupt eingefallen, sie hierher zu holen? Er hätte wissen müssen, dass das nicht gut gehen würde, niemals gut gehen konnte! Leute wie Calvi und Konsorten würden eine Frau doch nie akzeptieren, so gebildet und klug sie auch sein mochte.

War Erika klug? Was sollte die Sache mit dem Ultraschallgerät? Vermutlich wollte sie nur erfahren, über wie viel Geld er verfügen konnte. Also schien sein Verdacht zu stimmen.

Er hätte nicht geglaubt, dass sie ihn derart hintergehen würde. Er wollte es ja immer noch nicht wahrhaben, aber woher sonst sollte sein Intimfeind Max diese Insider-Informationen haben? Ausgerechnet Max, der im hintersten Winkel des Waldviertels saß, schrieb über Intrigen im Vatikan. Er musste einen Informanten haben – oder eben eine Informantin. Leo versuchte, sich die Gespräche mit Erika in Erinnerung zu rufen. Natürlich hatte er ihr von den Schwierigkeiten in der Vatikanbank erzählt. Aber doch keine Details. Woher kannte sie den Namen „Pinot" und vor allem, was wusste sie über ihn? Wusste sie, wer Pinot wirklich war? Wenn sie es wusste, wäre es ohnehin besser für sie, Rom zu verlassen – und zwar bald. Hatte sie sich deshalb so für die Aufklärung dieser alten Geschichten interessiert? Vielleicht hatte sie sein Angebot, die Reformkommission zu leiten, überhaupt nur angenommen, um Max mit Informationen zu versorgen. Schließlich war sie schon einmal auf ihn hereingefallen. Was konnte Max eigentlich, was er nicht konnte?

Und jetzt? Sollte er die Arbeit der Reformkommission für beendet erklären? Aber was kam dann? Er konnte doch die Zukunft der Kirche nicht von seinem Verhältnis zu Erika abhängig machen.

Hätte er nur dieses verdammte Buch nicht gelesen! Was er allerdings immer noch nicht verstand war, warum gerade Erika es ihm empfohlen hatte. Hielt sie ihn für derart naiv? Glaubte sie, dass er nicht dahinterkommen würde, wer Max mit vatikanischem Insiderwissen gefüttert hatte? Aber wozu sammelte sie jetzt noch Informationen? Das unselige Buch war ohnehin schon erschienen. Ob Max an einer Fortsetzung arbeitete?

***

„Wenn ich meine Überzeugung äußern soll", dozierte Erzbischof Fuscotti, „dann würde ich sagen, natürlich müssen wir mit der Zeit gehen, die Kirche hat sich auch bisher erneuert – oder sehen sie hier irgendwo eine Petroleumlampe oder eine alte Schreibmaschine? Wir bedienen uns modernster Technik ..."
Was für eine elende Schwafelei, dachte Erika. Was glaubt er eigentlich, wozu wir hier sitzen. Fuscotti verstand es wirklich, die Geduld der Sitzungsteilnehmer mit seinen gedrechselten Worthülsen und seinen ständigen Abschweifungen auf eine harte Probe zu stellen. Während er weiterredete, schweiften Erikas Gedanken neuerlich ab. Warum nur hatte Leo sie für siebzehn Uhr in den Petersdom bestellt? Das hatte er ja noch nie gemacht. Noch dazu per SMS. Sollte er sich doch noch mit den Segnungen der modernen Technik anfreunden? Vielleicht wollte er sich ja entschuldigen, dachte sie erwartungsfroh. Hoffentlich wurde sie hier rechtzeitig fertig, schließlich ließ man den Papst nicht einfach warten, das gehörte sich nicht, auch wenn sie immer noch stinksauer auf ihn war.
Unruhig sah sie auf die Uhr. Schon halb fünf vorbei. Die Diskussion, oder das, was die Herren darunter verstanden, zog sich seit mehr als zwei Stunden dahin. Inhaltlich hatten sie natürlich wieder nichts weitergebracht – wie denn auch. Aber noch war sie hier die Chefin. Fuscotti war in der Zwischenzeit bei seinem Lieblingsthema angelangt, dem Modernismus, dem es gelte, den Kampf anzusagen. Plötzlich spürte Erika, wie ihre Wut auf Fuscotti und seine Gesinnungsgenossen sie wie eine Welle erfasste. „Ach, hören Sie mir doch auf", unterbrach sie ihn schroff. „Ihr sogenannter Modernismus ist

mehr als hundert Jahre alt und hat bereits seit dem Zweiten Vatikanum ausgedient."

Plötzlich herrschte Stille im Raum, man hätte eine Stecknadel fallen hören. Erikas Welle der Wut war auch wieder im Abklingen, also setzte sie hinzu: „Verzeihung Exzellenz, aber ich fürchte, ich kann Ihnen heute nicht weiter folgen. Die Sitzung ist hiermit geschlossen. Der nächste Termin steht ja bereits fest. Meine Herren, ich danke Ihnen, bis zum nächsten Mal."

*

Auf dem Weg zum Dom kam Erika Kardinal Rossi entgegen, der bei der heutigen Sitzung gefehlt hatte. Warum eigentlich? Im Moment wollte sie es gar nicht wissen. Sie nickte ihm kurz zu und versuchte, so schnell als möglich an ihm vorbeizukommen, doch er fragte nach dem Grund ihrer Eile.

„Verzeihung Eminenz, aber Seine Heiligkeit erwartet mich im Dom, ich bin ohnehin schon spät dran."

Rossis Blick verriet Erstaunen: „Ich widerspreche Ihnen nur ungern, aber kann es sein, dass Sie sich im Tag geirrt haben? Seine Heiligkeit hat vor über zwei Stunden den Vatikan verlassen und wird erst morgen wieder zurückerwartet."

Erika beschlich ein ungutes Gefühl. Leo hatte sich noch nie irgendwo anders mit ihr getroffen als in den Vatikanischen Gärten, er hatte ihr auch noch nie eine SMS geschrieben. Er hasste dieses Getippsel, wie er es nannte, schon eine Mail von ihm war eine Sensation. Sie griff in ihre Jackentasche und holte das Handy heraus. Nervös fingerte sie herum und zeigte Rossi die SMS.

„Hm", machte der. „Vierzehn Uhr, das kann nicht sein. Um die Zeit saßen wir noch beim Mittagessen, nach halb drei ist er dann weggefahren. Es wäre mir bestimmt aufgefallen, wenn er dazwischen eine SMS geschrieben hätte."

„Und jetzt?", fragte Erika und ärgerte sich über den verzweifelten Ton in ihrer Stimme.

„Jetzt gehen wir in den Dom", sagte Rossi kämpferisch. „Aber sicherheitshalber nehmen wir uns einen Schweizer Gardisten mit. Wo genau sollten Sie Leo treffen?"

„Beim Südportal."

Wie zu erwarten gewesen war, fanden Sie am Südportal nur staunende Touristen. Wer immer sie treffen wollte, wollte sie offenbar nicht in Begleitung eines Kardinals und eines Schweizer Gardisten treffen.

Vatikanische Machenschaften, die Achte

„Dieser Idiot! Was geht ihn dieses Weib überhaupt an? Was kümmert es ihn, wohin sie geht und wen sie trifft? Und dann auch noch einen Schweizer Gardisten mitzubringen. Einfach lächerlich!", ärgerte sich Massimo. „Die Sache hat sich wie ein Lauffeuer herumgesprochen, und hat dadurch eine Aufmerksamkeit erhalten, die sie nie hätte haben dürfen."

„Und wer kam auf die dämliche Idee, dieses Weib ausgerechnet in den Dom zu bestellen? Noch dazu um diese Zeit, da wimmelt es doch nur so vor Touristen", fragte sein Gegenüber.

„Wer wohl? Sekretär Hohlkopf. Er hat das Handy des Heiligen Vaters unbeaufsichtigt auf dessen Schreibtisch gefunden und dachte, seine Stunde hätte geschlagen."

„Es reicht einfach nicht, unsere Sache zu vertreten, man braucht auch ein Mindestmaß an Verstand dazu", meinte sein Gegenüber mit unverkennbarer Überheblichkeit. „Warum schmeißen wir ihn nicht einfach hinaus?"

„Dazu weiß er zu viel, außerdem ist er als Sekretär näher am Papst als wir alle zusammen."

Das schien sein Gegenüber gelten zu lassen, denn eine Weile trat Schweigen ein. Dann fragte er: „Was ist der nächste Schritt?"

„Ich fürchte, im Moment müssen wir uns in Geduld üben, aber wenn wir etwas Glück haben und Hohlkopf sich nicht verhört hat, erledigt sich die Sache vielleicht doch noch von selbst."

Sein Gegenüber sah ihn fragend an, doch ehe Massimo antworten konnte, klopfte es an der Tür.

„Endlich!", schnauzte Massimo den Neuankömmling an. „Ich hoffe, du bringst gute Neuigkeiten."

Magenschmerzen und schlechte Träume

Leo hatte Magenschmerzen, dennoch zwang er sich, einige Löffel der vor ihm stehenden Zuppa pavese zu essen. Diesmal, so mutmaßte er, waren seine Magenschmerzen allerdings eher auf die Umstände zurückzuführen als auf das Essen – genau genommen hatte er heute noch kaum etwas gegessen.

Was für ein unerfreulicher Tag. Noch saßen Fuscotti, Benetti und Calvi ihm gegenüber - er hatte mit allen dreien ein Hühnchen zu rupfen –, dann musste er mit Erika reden. Es war Zeit, dass sie Rom verließ – zu ihrer eigenen Sicherheit.

Trotz seines Verdachtes hasste er den Gedanken, sie wegschicken zu müssen, aber es war besser so. Für alle.

Eben feuerte Calvi wieder eine Breitseite gegen einen der Kardinäle ab, von dem alle Welt wusste, dass er homosexuell war. Ja gut, Leo mochte ihn auch nicht besonders, aber dann dachte er an seinen Neffen Florian und dessen Freund James, was für kultivierte junge Männer das doch waren, und sagte unwirsch: „Ich darf dich wirklich bitten, in Zukunft etwas wertschätzender über unseren Kollegen zu sprechen. Und weil wir gerade beim Thema sind", wandte er sich an Fuscotti: „Wie ich Ihrem letzten Interview entnehmen musste, ist Ihnen mein Schreiben zum Thema Homosexualität entgangen."

„Ein bedauerlicher Irrtum, Heiligkeit", murmelte Fuscotti.

„Dann bitte ich Sie, hinkünftig darauf zu achten, dass alle Irrtumsmöglichkeiten ausgeschlossen sind, bevor Sie sich an die Öffentlichkeit wenden. Sollten Sie noch ein Exemplar benötigen, wird Monsignore Rinaldo Ihnen eines zukommen lassen."

Das eisige Schweigen, das sich daraufhin am Tisch ausbreitete, hielt bis zum Dessert an. Es gab ohnehin nur säuerliches Apfelkompott.

***

Erika sah dem Termin mit Leo mit gemischten Gefühlen entgegen. Seit sie sein Arbeitszimmer so wortlos verlassen hatte, war eine Woche vergangen. Eine Woche, lang wie eine Ewigkeit, in der sie sich nichts sehnlicher wünschte, als dieses dumme Missverständnis endlich aus der Welt zu schaffen. Es konnte sich doch nur um ein Missverständnis handeln – warum sonst sollte Leo sie dermaßen grob anfahren?

Bevor sie sich auf den vertrauten Weg in sein Arbeitszimmer machte, ordnete sie ihr Haar, zog den Lippenstift nach und befestigte rasch noch ein paar Ohrstecker. Sie hatte zwar keine Ahnung, ob Leo den Unterschied bemerken würde, aber zumindest fühlte sie sich so besser.

Als sie eintrat, legte er das Buch, in dem er gerade gelesen hatte, beiseite, bot ihr Platz an und sagte: „Wie ich vernommen habe, hast du dich neulich während einer Sitzung der Reformkommission in der Wahl des Tons vergriffen."

Das war ja kein besonders hoffnungsweckender Gesprächsauftakt, dachte Erika. Doch da sie hier war, um Frieden zu schließen, antwortete sie: „Ach Leo, das ist doch eitles Zeug! Wer hat sich denn beschwert? Fuscotti selbst oder sein Mentor, unser ehrenwerter Kardinal-Staatssekretär?"

Leo winkte ab. „Tatsache ist, dass auch in der Sache selbst nichts weitergeht, ich …"

„Wundert dich das?", unterbrach sie ihn.

„Ich habe daher beschlossen", fuhr Seine Heiligkeit unbeirrt fort, „die Reformkommission auf unbestimmte Zeit auszusetzen."

Erika spürte, wie alle Energie aus ihr wich, doch sie richtete sich in ihrem Sessel sehr gerade auf, sah ihm in die Augen und fragte: „Was genau heißt das für mich?"

Er sah sie lange an, Erika meinte eine gewisse Traurigkeit in seinen Augen zu erkennen, dann antwortete er: „Das heißt, dass deine Anwesenheit im Vatikan in der nächsten Zeit nicht erforderlich sein wird."

Sie atmete tief durch und erst als sie sicher war, ihrer Stimme trauen zu können, fragte sie: „Bis wann muss ich mein Appartement geräumt haben?"

Mit dieser Frage schien er nicht gerechnet zu haben, denn sein Blick, der dem ihren bis eben standgehalten hatte, irrte nun im Zimmer umher, ehe er antwortete: „Das hat doch keine Eile", und als sie ihn weiterhin fragend ansah, setzte er unwillig hinzu: „Du kannst die Details mit der Güterverwaltung besprechen."

Erika stand auf. „Soll ich mich gleich verabschieden oder wird es dazu noch Gelegenheit geben?", fragte sie und bemühte sich um einen neutralen Ton.

„Jetzt sei doch nicht kindisch", antwortete Seine Heiligkeit heftig und war ebenfalls aufgestanden.

„Bin ich das?", fragte sie mit ersterbender Stimme und verließ das Arbeitszimmer.

Sie konnte später nicht mehr sagen, ob ihr auf dem Weg in ihre Wohnung jemand begegnet war, hoffte nur, dass zumindest keine Bekannten dabei gewesen waren. Als sie die Wohnungstür endlich hinter sich geschlossen hatte, fiel alle Selbstbeherrschung von ihr ab. Schluchzend warf sie sich in den nächsten Fauteuil.

Am nächsten Morgen teilte sie dem erstaunten Monsignore mit, dass sie aus privaten Gründen auf unbestimmte Zeit nach Wien reisen würde.

***

„Ich höre mit Erstaunen, die nächsten Sitzungen der Reformkommission sind auf unbestimmte Zeit verschoben und unsere verehrte Frau Professor hat uns verlassen. Wie kommt's?", fragte Kardinal Rossi.

„Es schien mir klüger so", antwortete Leo ausweichend, obwohl ihm klar war, dass Rossi sich mit dieser Antwort nicht würde abspeisen lassen.

„Ich hoffe, das heißt nicht, dass Calvi und seine Mannen obsiegt haben."

„Nein, das heißt es nicht", brummte Leo.

„Wie sonst darf ich es verstehen?"

„Es ist mehr ...", Leo suchte nach Worten, „... eine Art Auszeit - für alle Beteiligten."

„Und wie lange soll diese ‚Auszeit‘ dauern? Ich meine, Calvi ist, wie wir wissen, vor Kurzem erst 72 geworden, Benetti ist zwei Jahre jünger und von Fuscotti wollen wir gar nicht reden, er könnte dein Sohn sein. Die Wahrscheinlichkeit, dass wir beide ihn überleben, ist gering.“

Statt einer Antwort übereichte Leo Kardinal Rossi eine Liste, die dieser mit zunehmenden Erstaunen musterte.

„Du planst Umbesetzungen und willst Fuscotti in das Bistum mit dem skandalös teuren Bischofssitz schicken?“

„Warum nicht? Er spricht hervorragend deutsch und im geheizten Kreuzgang müsste er sich doch wohlfühlen“, entgegnete Leo.

„Benetti wird außer sich sein.“

Leo nickte.

Rossi nagte an seiner Unterlippe, dann sagte er: „Gut, das ist ein Anfang. Aber solange Calvi und Benetti auf ihren Plätzen bleiben, wird sich am Widerstand gegen die geplanten Reformen nichts ändern. Du musst die Zusammensetzung der Kommission ändern.“

Leo wiegte den Kopf. „Vielleicht braucht es auch eine andere Leitung. Ich habe den Widerstand gegen eine Frau unterschätzt.“

„Frau Professor Wagner hat ihre Sache ganz ausgezeichnet gemacht. Der Grund für das Scheitern liegt einzig und allein bei unseren Ultra-Traditionalisten unter Calvis Führung. Aber wir dürfen uns von diesen Leuten nicht in die Knie zwingen lassen, denn dann bliebe alles beim Alten, so wie damals, als sie Albino Luciani ermordet haben, das dürfen wir nicht zulassen.“

„Du willst damit hoffentlich nicht andeuten, dass der Mörder, so es denn einen gab, aus dem Vatikan kam.“

„Der Mörder trug Purpur, aber er ist bereits tot. Zumindest einer seiner Helfer trägt auch Purpur und er sitzt mitten unter uns.“

„Lorenzo, ich bitte dich, überlege deine Worte, das sind furchtbare Anschuldigungen.“

„Keine Angst, ich werde heute nichts mehr sagen, aber glaube mir, es ist die Wahrheit. Der Vatikan ist im Laufe der Jahrhunderte zu einer Institution geworden, die mehr Schatten wirft, als sie Licht spendet. Jeder, der versucht, dieses System aus Lüge, Macht und Eitelkeiten zu entfilzen, ist in größter Gefahr. Deshalb bitte ich dich inständig, mir zu sagen, warum du Erika nach Wien geschickt hast."

Das genau wollte Leo eigentlich nicht, er hätte Lorenzo sonst auch erzählen müssen, dass er Erika verdächtigte, ihn verraten zu haben. Also antwortete er: „Erika braucht eine Auszeit, sie will eine Kur machen, aber sie wird wiederkommen."

Während er sprach, schien sich Rossis Blick zu verändern, ehe er mit hörbarer Süffisanz konterte: „Wird ihre Wohnung deshalb zur Vermietung angeboten?"

Es war Leo, als hätte er einen Stromschlag bekommen. „Sie hat die Wohnung gekündigt?" Er wählte Rinaldos Klappennummer und bellte ins Telefon: „Veranlassen Sie, dass die Wohnung von Frau Professor Wagner vorerst nicht vermietet wird."

*

Leo hatte drei Tage und drei Nächte darüber nachgedacht, dann, endlich, rief er Kardinal Rossi zu sich.

„Wenn du ein wenig Zeit hast, möchte ich dir gerne etwas erzählen."

„Jede Menge", antwortete der Kardinal und wollte es sich auf dem Sofa in Leos Arbeitszimmer bequem machen, doch Leo bat ihn, mit ihm in die Vatikanischen Gärten zu kommen. Auf dem Weg dahin sprachen sie über alles Mögliche, doch dann nahm Leo sich ein Herz und begann zu erzählen: „Du weißt, dass ich Erika schon aus unserer gemeinsamen Studienzeit kenne. Ich mochte sie sehr, aber für mich war immer klar, dass ich Priester werden würde. Erika hat das akzeptiert, es schien ihr auch nichts auszumachen, sie stürzte sich mit dem gleichen Idealismus in ihre Lehrtätigkeit. Trotzdem haben wir uns immer wieder getroffen, meist in Gesellschaft, manchmal auch alleine, und über alles geredet, was uns wichtig war."

Als Leo eine Pause einlegte, fragte Rossi ruhig: „Auch über euch?"

„Selbstverständlich nicht, es gab ja auch nichts zu sagen. Ich war allerdings nicht der einzige Theologe, mit dem Erika Kontakt hatte. Es gab da noch einen Studienkollegen, Max Zehetmayer. Jenen Querkopf, der vor Kurzem dieses Vatikan-Buch geschrieben hat, über das Erika mehrfach gesprochen hat. Es wird uns übrigens noch viel Freude bereiten, Rinaldo hat heute erfahren, dass es in mehrere Sprachen übersetzt werden soll."

„Ich dachte, es sei bei einem unbedeutenden, österreichischen Verlag erschienen?"

Leo nickte. „Ist es auch, aber wir Österreicher sagen, ab und zu findet ein blindes Huhn auch ein Korn. Der Verlag dürfte sich mit diesem Pamphlet eine goldene Nase verdienen."

„Wie unbequem für uns", meinte Rossi. Seine Stimme klang in Leos Ohren eher nach Heiterkeit als nach Bestürzung.

„Euer Freund hatte übrigens einen hervorragenden Informanten", fuhr Rossi fort. „Ich halte die meisten seiner Behauptungen für wahr. Dort und da scheint er falsche Schlüsse gezogen zu haben, aber sonst, Chapeau!"

„Er ist nicht unser Freund, zumindest nicht meiner", entgegnete Leo heftiger, als er es beabsichtigt hatte.

„Hast du eine Ahnung, wer sein Informant sein könnte?"

„Hoffentlich nicht."

Rossi sah ihn fragend an, sagte aber nichts. Als auch Leo schwieg, blieb Rossi stehen und sagte: „Du vermutest, dass Erika immer noch mit ihm befreundet ist. Aber du glaubst doch nicht etwa ... nein, sag bitte, dass du das nicht glaubst!"

„Die Vermutung liegt aber doch nahe, du selbst hast den Schluss soeben gezogen", antwortete Leo leise.

In der Zwischenzeit waren sie wieder ein paar Schritte weitergegangen, doch nun blieb der Kardinal neuerlich wie angewurzelt stehen: „Sei froh, dass du der Papst bist, andernfalls würde ich dich jetzt fragen, ob du noch bei Sinnen bist. Das kannst du doch nicht ernsthaft glauben! Also ehrlich. Ich bin ein alter Mann und verstehe nicht viel von diesen Dingen, aber eines habe ich längst begriffen: diese Frau tut alles für dich. Vermutlich könnte man auch sagen, sie liebt dich. Warum sonst hätte sie ihre Position in Wien aufgeben und sich das hier antun sollen?"

„Lorenzo, ich bitte dich, nicht so laut!"

Schweigend gingen sie weiter. Beim Petrusdenkmal sagte Leo: „Ich habe Erika nicht nur weggeschickt, weil ich enttäuscht war. Aber wenn sie Max' Informantin ist, ist sie vermutlich in großer Gefahr. Der Autor des Buches kennt den Namen ‚Pinot'.

„Den kenne ich auch, aber niemand weiß, wer hinter diesem Decknamen steckt."

„Wir haben neuerdings eine Vermutung, aber wir können sie noch nicht beweisen."

„Wir?"

„Ich und Dall' Oglio."

„Hast du mit Erika darüber gesprochen?"

„Natürlich nicht!"

Sie gingen noch eine Weile schweigend nebeneinander her, ehe Kardinal Rossi fragte: „Woher sollte sie es dann wissen?"

*

Das Gespräch mit Kardinal Rossi verursachte Leo weitere schlaflose Nächte. Hatte er Erika unrecht getan? Vielleicht nicht erst jetzt? Hatte er schon damals Gespenster gesehen? Er war ganz sicher gewesen, dass Erika und Max ein Verhältnis gehabt haben – auch deswegen war er nach Rom gegangen. Er hatte seine Stellung als Leiter dieser höchst angesehenen Schule doch sehr gemocht. Mit seiner heutigen Position war sie natürlich nicht vergleichbar gewesen, aber als er vor fünfundzwanzig Jahren hier angekommen war, war er der jüngste Sekretär eines Kardinals gewesen, der im Vatikan nicht gerade eine bedeutende Rolle gespielt hatte. Erst später war er die Karriereleiter emporgeklommen.

Ein Verhältnis mit Erika wäre für ihn nie in Frage gekommen, der Zölibat war ihm stets eine Verpflichtung, die er einzuhalten gedachte, wie man Verpflichtungen eben einhält. Das hatte seine Mutter ihn so gelehrt, daran hatte es für ihn keinen Zweifel gegeben. Aber dass ein anderer, der diese Verpflichtung ebenfalls zu tragen gehabt hätte, mit

Erika – seiner Erika – ein Verhältnis haben sollte, das war mehr gewesen, als er hätte verkraften können, dabei wollte er wenigstens nicht zusehen müssen.

Doch jetzt, wo Max öffentlich gemacht hat, dass er seit mehr als zwanzig Jahren mit einer Frau zusammenlebte und ein Kind mit ihr hatte, stellte sich die Situation plötzlich ganz anders dar. Wie sollte es nun weitergehen? Mit den notwendigen Reformen, mit Erika – und mit ihm?

Solche und ähnliche Gedanken verfolgte ihn Nacht für Nacht und wenn er nicht an Erika dachte, dann träumte er von ihr.

Auszeit

Erika hatte sich entschlossen, diesmal mit der Bahn nach Wien zu reisen. Sie hatte keine Eile anzukommen, sie wusste ohnehin nicht, was sie dort machen sollte. Als der Zug endlich am Wiener Hauptbahnhof einfuhr, regnete es. Der einzige Lichtblick waren ihre Nachbarn, die sie am Bahnsteig erwarteten. In den vergangenen vierzehn Stunden hatte sie Zeit gehabt, darüber nachzudenken, wie sie ihre plötzliche Rückkehr erklären sollte, und sich dafür entschieden, die Wahrheit zu sagen. Schließlich hatte sie sich nichts vorzuwerfen. Nur von ihren letzten beiden Gesprächen mit Leo würde sie niemand erzählen, auch nicht Katharina.

Die Nachbarn halfen ihr über den ersten Tag hinweg, und am nächsten Morgen schien zumindest die Sonne. Sie verstand zwar immer noch nicht, was zwischen Leo und ihr passiert war, aber sie musste versuchen, in ihr altes Leben zurückzufinden. Zuallererst rief sie ihre ehemalige Putzfrau an, die zwar keine freien Termine hatte, aber immerhin eine Freundin, die das Putzen gerne übernehmen würde. Das war doch schon einmal ein Anfang. Danach stattete sie ihrem Institut einen Besuch ab. Leider war der Rektor auf Urlaub und ihre Freundin war auch nicht da. Ein Kollege zeigte zwar durchaus eine gewisse Neugier, aber im Hörsaal warteten die Studenten auf ihn.

Erika hatte sich damals, als sie voller Hoffnung nach Rom aufgebrochen war, zum Glück nur beurlauben lassen. Dennoch war es mitten im Studienjahr vermutlich nicht einfach, einen Einstieg zu finden. Aber sie wollte arbeiten – lieber heute als morgen.

Auf dem Heimweg beschloss sie, sich doch wieder nach einem Auto umzusehen. Es musste ja nicht groß sein, aber ein wenig Mobilität konnte nicht schaden. Erst am Abend meldete sie sich bei Katharina. Die staunte nicht schlecht, hatte aber nur wenig Zeit, weil Juliane eben in die Klinik eingeliefert worden war – ein Enkelkind war unterwegs. Erika wünschte viel Glück und versprach, sich bald wieder zu melden.

Dann begann sie, ihre Bekannten per Mail von ihrer Rückkehr zu informieren. Es würde nicht ganz einfach werden, hier wieder Fuß zu fassen.

*

Katharina meldete sich bereits einen Tag später bei Erika. Das Enkelkind, ein strammer Junge, sei gesund, Gott sei Dank, und Juliane ginge es gut. „Aber jetzt erzähl mal, was war denn los?"

„Das wird ein langes Telefonat. Habt ihr nicht Lust, in den nächsten Tagen einmal bei mir vorbeizukommen?"

Sie vereinbarten ein Treffen für den kommenden Samstag. Erika war zwar keine so begnadete Köchin wie Katharina, aber der Grieche ums Eck machte ganz hervorragende Platten mit Käsetaschen, Oktopus-Salat, Tsatsiki, gefüllten Weinblättern und anderen Köstlichkeiten.

Als sie sich am Samstagabend die griechischen Köstlichkeiten schmecken ließen und Erika ihre – nur leicht geschönte – Geschichte erzählt hatte, sagte Katharina: „Es ist schon unfasslich, was diese Herren sich anmaßen! Die sind vollkommen abgehoben, haben keine Ahnung von den Sorgen und Nöten der Menschen und ihr Frauenbild ist so was von mittelalterlich! Dass sie den Frauen das Priesteramt verweigern, ist ja nur die Spitze des Eisberges. Damit muss einfach Schluss sein!"

„Wir haben es uns verbieten lassen – auch damit muss Schluss sein!", antwortete Erika mit ungewohntem Kampfgeist und nahm noch einen Schluck von diesem Retsina, den Axel mitgebracht hatte und der ihren Kampfgeist möglicherweise noch etwas beflügelte. Anfangs war er ja gewöhnungsbedürftig gewesen, aber nach ein, zwei Glaserln schmeckte er wirklich gut.

„Glaubst du immer noch, dass Leo in Gefahr ist?", fragte Axel. Erika wiegte den Kopf, ehe sie antwortete: „Ich weiß es nicht. Einerseits sind die Sicherheitsvorkehrungen seit dem Anschlag im Weißen Haus deutlich erhöht worden, andererseits ist der ganze Vatikan nichts anderes als ein großes Dorf – und irgendwo in dieser Dorfgemeinschaft scheint sich einer zu verstecken, der ihm nach dem Leben trachtet. Es könnten natürlich auch mehrere sein."

„Ist denn bewiesen, dass das Briefbombenattentat nicht vielleicht doch von einem Angestellten des Weißen Hauses verübt wurde? Ich meine, Verrückte gibt es überall", entgegnete Axel.

„Gemeinsam mit den Erhebungen in der Bank, Rinaldos Autounfall - man weiß in der Zwischenzeit übrigens, dass an den Bremsen manipuliert worden war - und einigen anderen, reichlich seltsamen Vorkommnissen liegt der Verdacht nahe, dass die Bedrohung aus den eigenen Reihen kommt."

„Du meinst aus dem Umfeld der Bank?"

„Nicht unbedingt. Leos Pläne der vorsichtigen Öffnung der Kirche stoßen bei weiten Teilen der Kurie auf wenig Gegenliebe. Außerdem plant er, Personal im Vatikan einzusparen und in Regionen zu entsenden, in denen Not am Mann ist. Das kam auch nicht besonders gut an. Änderungen kommen im Vatikan eigentlich nie gut an. Schon unter Johannes XXIII gab es Kritiker, aber der war nicht mehr der Gesündeste, damals haben sie auf Zeit gespielt. Leo hingegen wird erst 65 und seit er, dank Katharinas Wundertherapie, wieder fit ist, haben die Herren ein Problem. Die Gerüchte über das gewaltsame Ende des 33 Tage-Papstes kennt ihr ja."

Während sie geredet hatte, spürte sie, wie die alte Unruhe wieder in ihr hochstieg. Um sich abzulenken, fragte sie: „Mag jemand Kaffee?"

Doch auch während sie den Kaffee zubereitete, konnte sie an nichts anderes denken als an Leo, und als sie mit den Kaffeetassen ins Wohnzimmer kam, fragte Katharina: „Eines versteh' ich immer noch nicht. Hat denn nie jemand versucht, in der Bank aufzuräumen? Die können doch nicht alle korrupt gewesen sein."

„Schon, aber soweit ich das verstanden habe, ist es letztendlich immer nur schlimmer geworden. Außerdem waren die Erträge, die die Bank erwirtschaftet hat, auch gerne gesehen und wurden für alles Mögliche verwendet. Der polnische Papst soll nicht unerhebliche Summen in die Solidarnosc gepumpt haben."

Am Sonntag hatte Erika zwar Kopfschmerzen, dennoch fühlte sie sich stärker als in den letzten Tagen, denn sie hatte einen Entschluss gefasst: Wenn sie nun auch nicht mehr der Reformkommission des Papstes vorstand, so würde sie doch kämpfen: für eine zeitgemäße Kirche, in der es sich leben ließ, und für ein modernes Frauenbild in dieser Kirche, die ihr so vieles verwehrt hatte und für die es sich doch zu kämpfen lohnte.

Veränderungen

Monsignore Rinaldo sah nervös auf die Uhr. Das Gespräch zwischen dem Heiligen Vater und dem Präsidenten der Bank dauerte nun schon mehr als zwei Stunden und seine Hoffnung, doch noch dazu gerufen zu werden, schwand von Minute zu Minute. Dabei hätte er Angela doch so gerne geholfen! Erst gestern hatte er mit ihr telefoniert. Zumindest gab es nun wieder ein Ultraschallgerät in der Klinik. Allerdings hatte nicht der Papst seine Schatulle geöffnet, sondern ihr Vater. Der stattete seine monatlichen Zuwendungen nun in Form von Sachspenden ab; trotzdem fehlte es noch an so vielem.

Das Klingeln des Telefons riss Roberto aus seinen Überlegungen. Selbstverständlich würde er kommen, sofort kommen, selbstverständlich! Er eilte den Korridor entlang, klopfte und trat ein.

Der Präsident der Vatikanbank begrüßte ihn wie einen alten Freund, was Roberto etwas verlegen machte, dann hielt er ihm ein Unterschriftsprobenblatt hin. „Ihre Bekannte hat Ihnen doch die ihr unbekannte Unterschrift gezeigt. Könnte es diese hier sein?"

Roberto besah sich das Blatt genau, wie es seine Art war, aber er hatte die Unterschrift sofort wiedererkannt und nickte heftig. „Ich bin ziemlich sicher, dass sie genau so aussah."

Der Präsident warf dem Heiligen Vater einen bedeutungsvollen Blick zu, dann fragte er Roberto: „Könnten Sie uns eine Kopie des Originalbeleges besorgen?"

„Selbstverständlich!" Roberto wollte sich sofort erheben und auf den Weg machen, doch Dall' Oglio hielt ihn zurück und der Heilige Vater sagte: „Nicht so hastig, Monsignore. Der Präsident und ich haben einen Plan, bei dem wir Ihre Hilfe benötigen – topsecret. Können wir auf Ihre Diskretion zählen?"

Roberto schluckte aufgeregt: „Selbstverständlich, es ist mir eine Ehre …"

Der Heilige Vater winkte ab. „Schon gut. Präsident Dall' Oglio wird Rom auf unbestimmte Zeit verlassen. Während seines Urlaubes werden Sie ihn in der Bank vertreten."

Roberto schluckte. Er musste sich verhört haben.

„Verzeihung, ich fürchte, ich habe falsch verstanden."

„Haben Sie nicht", mischte Dall' Oglio sich ein.

Er schien amüsiert zu sein. Heute war doch nicht der 1. April, was war denn hier los? Hilfesuchend wandte Roberto sich an den Papst: „Ihr Vertrauen ehrt mich, sogar außerordentlich, aber ich fürchte, ich muss Sie enttäuschen. Ich kann das nicht. Ich bedaure es außerordentlich, aber ich habe leider nur Theologie und Philosophie studiert, von Betriebswirtschaft habe ich keine Ahnung."

Der Heilige Vater lehnte sich in seinem Schreibtischsessel zurück und betrachtete ihn eingehend, ehe er sagte: „Genau deshalb haben wir Sie ausgesucht – und natürlich auch, weil Sie einer der wenigen sind, denen man hier noch trauen kann."

Roberto spürte, wie er errötete. Was war denn heute nur los?

„Es ist durchaus nichts Ungewöhnliches, dass der Papst Personen seines näheren Umfeldes auf Schlüsselpositionen setzt", erläuterte Dall' Oglio.

„Und wie lange werden Sie Urlaub machen?", fragte Roberto. Zwei, drei Wochen würde er schon durchhalten.

Wieder meldete sich der Papst zu Wort: „Präsident Dall' Oglio wird nicht im herkömmlichen Sinne Urlaub machen, er wird Rom – und seine Position als Präsident unserer Bank – bis zum Ende des Prozesses verlassen. Ich zweifle nicht daran, dass er danach vollkommen rehabilitiert wieder seiner Aufgabe nachkommen kann."

Roberto sackte in sich zusammen – das konnte ja Monate dauern!

***

Trotz der Ernsthaftigkeit der Situation konnte Leo sich ein Lächeln nicht ganz verkneifen. Der arme Monsignore schien ja völlig fertig. Aber genau deshalb war er der richtige Mann für diese Aufgabe. Es musste jemand sein, den man in der Bank nicht wirklich ernst nahm, nur dann würde sich etwas bewegen.

Als Dall' Oglio die Leitung der Bank übernommen hatte, hatte er alle Hände voll zu tun gehabt, den ehemaligen Prälaten daran zu hindern, die Bank über seine Gefolgsmänner sozusagen aus dem Hintergrund zu leiten. Dall' Oglio war ein exzellenter Fachmann und hatte sich die Zügel nicht aus der Hand nehmen lassen. Das hatte der Bank zwar gut getan, doch bei der Aufklärung früherer Machenschaften hatte es sie nicht weitergebracht. Jetzt wollten sie das Gegenteil. Die Angestellten der Bank sollten das Gefühl haben, die Bank hätte – zumindest vorübergehend - eine schwache Führung.

„Aber wer soll denn dann hier für den Heiligen Vater ...", machte Rinaldo noch einen zögerlichen Versuch. Leo winkte ab. „Sie wollten doch neulich einen jungen Priester aus den Klauen des Staatssekretariats befreien. Sagen Sie ihm, er kann Sie hier vertreten. Mir bleiben dann immer noch zwei Sekretäre, die mit den Umständen vertraut sind."

Dieses kleine Bonbon hatte er sich für den Schluss aufgehoben. Erika hatte ihm ja von der resoluten Oberin erzählt, auch davon, dass sie meinte, Rinaldos Herz würde für sie schlagen.

Ach, Erika. Unvermittelt tauchte ihr Bild vor ihm auf. Wie trist waren seine Spaziergänge durch die Vatikanischen Gärten, seit sie nicht mehr hier war. Natürlich fehlte es ihm nicht an Begleitung, aber ...

Keine Zeit für Sentimentalitäten, es gab da noch etwas zu klären. „Eine Bitte noch, Monsignore. Präsident Dall' Oglio sucht noch so etwas wie ein Urlaubsquartier. Es sollte vor allem sicher sein, wenn Sie verstehen, was ich meine."

Rinaldo schien nicht zu verstehen. Er sah eher verwirrt aus. Also musste er wohl deutlicher werden, aber wie viel Wahrheit konnte man ihm zumuten?

„Offiziell werde ich Rom mit dem Flugzeug verlassen", nahm Dall' Oglio die Sache selbst in die Hand. „Tatsächlich würde ich lieber in der Nähe bleiben. Ein Kloster wäre unter Umständen der richtige Ort."

Endlich schien Rinaldo zu verstehen. „Aber das Kloster der Armen Schwestern der göttlichen Liebe ist ein sehr bescheidenes Haus", antwortete er.

„Im Moment kommt es mir mehr auf Verschwiegenheit an. Außerdem soll die Küche zwar einfach, aber schmackhaft sein", setzte er lächelnd hinzu.

„Das stimmt allerdings. Ich werde sofort der Mutter Oberin Bescheid sagen."

„Tun Sie das", nickte Leo.

***

Anders als Angela war ihr Bruder, Luigi, schlank und groß. Er hatte zwar einen wachen Verstand, schien aber selbst Roberto ein ziemlicher Theoretiker zu sein. Davon abgesehen hatte er vermutlich nicht einmal halb so viel Selbstbewusstsein wie seine Schwester. Als er Luigi von der bevorstehenden Aushilfstätigkeit im päpstlichen Sekretariat erzählt hatte, war der zwar hocherfreut, allerdings schien ihm sein unmittelbarer Chef, Erzbischof Fuscotti, Sorge zu bereiten. „Bist du auch sicher, dass der Erzbischof mich akzeptieren wird?", hatte er gefragt.

„Nachdem der Heilige Vater selbst es so angeordnet hat, wird er es wohl müssen", antwortete Roberto mit einem Anflug von Schadenfreude. Fuscotti mochte bei den Damen beliebt sein, bei seinen Untergebenen hatte er keinen so guten Ruf.

Luigi schien darüber nachzudenken, dann senkte er die Stimme und flüsterte: „Im Staatssekretariat sagt man, Fuscotti sei hier der wahre Chef. Bist du gut mit ihm ausgekommen?"

„Geht so", meinte Rinaldo und fuhr fort, seine Schreibtischladen zu durchforsten, doch dann hielt er inne und fragte: „Wer sagt das?"

„Na, mehr oder weniger alle. Es heißt übrigens auch, Seine Heiligkeit hätte eine Freundin."

„Und wer glaubt diesen Mist? Auch alle?"

Luigi zögerte, ehe er antwortete: „Die Anhänger des Kardinal-Staatssekretärs sind dem Heiligen Vater ...", er stockte, schien nach

Worten zu suchen, „… nicht ganz so wohlgesonnen, wie ich das erwartet hatte."

Roberto nickte. „Das kann ich gut verstehen, mit so viel Missgunst
und Neid, wie sie hier herrschen, hatte ich seinerzeit auch nicht gerechnet, aber man gewöhnt sich daran, wenn es auch nicht ganz das ist, was
die Kirche uns lehrt."

„Angela sagt, das sei eben der Unterschied zwischen Theorie und
Praxis. Ich kann ihr in diesem Punkte allerdings nicht recht geben.
Denn wir, die wir uns …"

Da in diesem Moment Kardinal Rossi mit einer Zeitung in der Hand
den Raum betrat und energisch verlangte, den Heiligen Vater zu sprechen, blieben Luigis Theorien vorerst auf der Strecke.

***

„Was kann ich für dich tun", fragte Leo und bat Kardinal Rossi mit
einer Handbewegung Platz zu nehmen.

„Ich hatte eben das Vergnügen, mit Calvi zu speisen. Weißt du eigentlich, was er am liebsten trinkt?"

„Er trinkt Rotwein – ziemlich viel, wenn du mich fragst."

„Schon, aber weißt du auch welchen?"

Als Leo nur den Kopf schüttelte, setzte er hinzu: „Pinot noir."

Leo lächelte. „Und du meinst, weil er früher einmal Prälat unserer
Bank war und Pinot noir trinkt, ist er ‚Pinot'? Wäre das nicht ein wenig
zu einfach?"

„Ich hätte ihm zugegebenermaßen etwas mehr Verstand zugebilligt,
aber wir müssen berücksichtigen, dass er sich für ziemlich unverwund-
bar gehalten haben muss. Anders sind diese Finanztransaktionen, die
auch schon damals gegen jedwede Regel verstoßen haben, doch nicht
zu erklären."

Da ist was dran, dachte Leo. Auch Dall' Oglio hatte mehrfach erwähnt,
dass er sich oft wundere, wie schlicht man bei den Betrügereien vorgegangen war. Da waren Überweisungen aufgrund von Unterschriften
durchgeführt worden, die nicht einmal auf dem Unterschriftsproben-

blatt verzeichnet gewesen waren. Wenn diese Unterschriften tatsächlich von Calvi stammten – eine Vermutung, die Dall' Oglio mehrfach geäußert hatte –, dann wäre ein Deckname, der so offensichtlich war, ebenfalls möglich. Waren nicht oft die augenfälligsten Dinge die, die man schlichtweg übersah, und waren es anderseits nicht oft reichlich ausgefeilte Theorien, die sich am Ende doch als falsch erwiesen? Und warum fiel ihm dabei schon wieder Erika ein? Und warum fühlte er sich so „bescheiden", wie sie es nennen würde?

„Hast du Fuscotti eigentlich schon von seiner Versetzung unterrichtet?", unterbrach Kardinal Rossi seine Gedanken.

Leo schüttelte den Kopf: „Ich wollte noch den Endbericht abwarten, der sollte spätestens nächste Woche vorliegen."

„Gott sei Dank!"

Leo sah ihn erstaunt an. „Woher dein plötzlicher Sinneswandel?"

„Kein Sinneswandel, nur eine Vorsichtsmaßnahme. Erinnerst du dich an diese Journalistin, die angegeben hat, Dall' Oglio hätte sie vergewaltigt?"

„Selbstverständlich. Der Prozess beginnt dieser Tage."

Rossi faltete die mitgebrachte Zeitung vor Leo auf. „Anlässlich des Prozessbeginns war heute noch einmal ein Foto von ihr in der Zeitung. Schau es dir genau an."

Leo tat, wie ihm geheißen. Dann legte Rossi ein Foto auf den Tisch, das Fuscotti zeigte, es musste allerdings schon etliche Jahre alt sein. Leo betrachtete beide Fotos. Es war nicht zu leugnen, dass eine gewisse Ähnlichkeit zwischen Fuscotti und dieser Frau bestand.

„Das könnte Zufall sein", antwortete er, allerdings ohne besondere Überzeugung.

„Deine Vorsicht ehrt dich, aber ich bin schon einen Schritt weiter. Fuscotti hat eine Halbschwester, sie arbeitet als Journalistin und ist verheiratet. Ihr Mann wird übrigens der Mafia zugerechnet."

„Dann finde ich es an der Zeit, den Kommandanten der Gendarmerie mit unseren Vermutungen zu befassen."

„Das halte ich für keine gute Idee. Wusstest du, dass Fuscotti ihn eingestellt hat? Es war noch unter deinem Vorgänger, kurz nachdem

Fuscotti zum Präfekt des Päpstlichen Haushaltes gekürt worden war. Die beiden haben zusammen die Schulbank gedrückt."

Leo überlegte, dann sagte er: „Dann müssen wir uns eben an die italienische Polizei wenden. Oder willst du Sherlock Holmes spielen?"

Kardinal Rossi schien nicht abgeneigt. „Warum nicht? Rinaldo hat doch auch schon seinen Part in diesem Krimi übernommen. Oder sehe ich das falsch?"

Leo sah ihn forschend an, dann sagte er seufzend: „Gehen wir in den Garten."

Vatikanische Machenschaften, die Neunte

„Wie konnten deine Leute nur so unvorsichtig sein?", herrschte Massimo Fuscotti an, doch der antwortete gelassen: *„Sei unbesorgt, ich habe dem Heilige Vater bereits versichert, wie unglücklich ich über die ganze Sache bin. Natürlich kann meine liebe Schwester nichts dafür, sie ist ja das Opfer. Dennoch hätte ich ihr, wäre sie vorher zu mir gekommen, zu mehr Diskretion geraten."*

„Und das hat er dir geglaubt?"

„Selbstverständlich! Ich glaube, von mir behaupten zu dürfen, dass ich sehr überzeugend war."

„Und warum versetzt er dich dann in dieses Bistum? Wie heißt es doch gleich?", fragte der Dritte im Bunde.

Massimo machte eine ungeduldige Handbewegung, das Schicksal Fuscottis schien ihn weniger zu interessieren. „Jedenfalls musst du vor deiner Abreise dafür sorgen, dass dein Schwager endlich etwas unternimmt, man kommt uns bereits gefährlich nahe. Was er bisher gezeigt hat, war ja nicht gerade eine Meisterleistung."

„Nur keine Nervosität. So schlecht ist es doch gar nicht gelaufen", antwortete Fuscotti. *„Immerhin konnten wir uns Dall' Oglio vom Hals schaffen. Konntest du die Unterlagen über Orlandi in der Zwischenzeit an dich bringen?"*

„Sie liegen bereits in meinem Safe", entgegnete Massimo.

Als Fuscotti gegangen war, fragte Massimos Gegenüber: „Bist du ganz sicher, dass sein Schwager der Richtige für unseren Auftrag ist?"

Massimo verfiel in dumpfes Brüten, nahm einen kräftigen Schluck aus seinem Rotweinglas und murmelte: „Kennst du einen Besseren?"

Zwei Steirer in Rom

„Wenn du dich nicht bald entscheidest, kommen wir noch zu spät!",
mahnte Clemens, der mit wachsender Verwunderung beobachtete, wie
Ulrike sich nun schon zum dritten Mal umzog.

„Man hat nur einmal im Leben eine Audienz beim Papst", antwortete Ulrike, schien sich nun aber doch für das dunkelblaue Kostüm mit
der zartgelben Bluse entschieden zu haben. Damit hatte sie schon vor
einer halben Stunde begonnen.

„Wir haben keine Audienz, wir sind zum Mittagessen eingeladen,
und eines kann ich dir versichern, es wird nicht das beste Essen sein,
das du hier in Rom bekommst. Als ich damals mit Erika und Katharina hier war, waren wir immer heilfroh, wenn wir mittags in einer
Trattoria essen konnten. Leo mag's gern einfach."

„Das finde ich für einen Papst doch sehr passend", gab Ulrike zurück
und befestigte noch eine Brosche auf dem Revers.

„Meinst du, es wäre unpassend für einen Papst, mit Freude zu essen?
Dann bin ich ja heilfroh, nur ein unbedeutender Dechant zu sein."

„Ich auch", antwortete Ulrike und drückte ihm im Vorbeigehen einen Kuss auf die Wange.

*

Zu Clemens' Erstaunen gab es dann doch ein recht schmackhaftes
Mahl, dafür blieb das Gespräch arg an der Oberfläche. Vielleicht war
es doch ein Fehler gewesen, Ulrike mitzubringen. Leo hatte deutlich
zu erkennen gegeben, dass er es vorgezogen hätte, Clemens alleine zu
treffen. Er hatte ihm sogar angeboten, im Gästehaus ein Zimmer für
ihn zu reservieren – ein Einzelzimmer, versteht sich. Doch das hatte
Clemens ebenso höflich wie bestimmt abgelehnt, Flüge und Hotelzimmer wären bereits gebucht.

Aber er wollte Leo doch unbedingt Ulrike vorstellen, denn er war
ganz sicher gewesen, würde er ihr erst einmal gegenübersitzen und

ihr bezauberndes Lächeln sehen, könnte er ihn viel besser verstehen. Dummerweise schien sich Leo aus Ulrikes Lächeln nicht viel zu machen. Er schien sich überhaupt nicht viel aus Frauen zu machen. Vielleicht fühlte er sich deshalb im Vatikan so wohl, überlegte Clemens, während er den letzten Bissen seines Kalbschnitzels in Zitronensauce verzehrte. Und solche Männer entschieden über den Zölibat. Es war zum Mäuse melken! Obwohl Katharina ja meinte, Leo hätte ein Tendre für Erika. Was Frauen sich halt so einbildeten.

***

Leo fand Ulrike nicht unsympathisch, wenn er auch nicht begreifen konnte, was einem Mann wie Clemens, der immerhin eine Frau wie seine Schwester Katharina geliebt hatte, an diesem scheuen Reh gar so gut gefiel. Doch im Grunde war es ihm egal. Hatte er nicht schon mehrfach gesagt, dass der Zölibat für ihn nicht in Stein gemeißelt sei? Aber auch wenn weder der Vatikan noch die römisch-katholische Kirche eine Demokratie waren, so hieß das noch lange nicht, dass ein Papst alles, was ihm nicht beliebte, über den Haufen werfen konnte.

Außerdem hatte die Kirche wirklich drängendere Probleme als die Frage, ob irgendwo im Mürztal ein Priester saß, der eine Freundin hatte. Auf der ganzen Welt saßen Priester, die Freundinnen hatten – jawohl, das wusste auch er. Jeder wusste es. Aber man konnte das doch etwas dezenter gestalten als gleich eine Pressekonferenz einzuberufen. Also wirklich, Leo hatte andere Sorgen. Seit heute Morgen wusste er, dass ein weiteres Attentat auf ihn geplant war. Der junge Priester, den Rinaldo in seinem Sekretariat installiert hatte, war zu ihm gekommen. Am ganzen Körper zitternd und hochrot im Gesicht hatte er erzählt, was er soeben im Staatssekretariat gehört hatte. Es war der reine Zufall gewesen. Luigi, so hieß der Mann, war noch vor dem Frühstück in sein altes Büro gegangen, weil er vermutete, dass er dort einen USB-Stick vergessen hatte. Als er die Stimme des Kardinal-Staatssekretärs aus dem Büro hörte, war er intuitiv stehen geblieben, schon um ein Zusammentreffen mit ihm zu vermeiden.

Was er dann gehört hatte, hatte ihn dazu veranlasst, direkt zu Leo zu laufen, wofür er sich noch mehrfach entschuldigt hatte. Musste er nicht, immerhin schien es, als hätte er ihm das Leben gerettet. Irgendwo lauerte ein Scharfschütze darauf, dass er seinen täglichen Spaziergang machte. Nun, er würde nicht kommen. Nicht heute. Er musste nur so tun, als würde er sich auf den Weg machen, dann konnte er in sein Arbeitszimmer zurückkehren.

**

Während des Essens hatte Clemens den Eindruck gehabt, als wäre Seine Heiligkeit geistig etwas weggetreten. Leo war ja noch nie durch überschäumende Anteilnahme aufgefallen, doch üblicherweise konnte man davon ausgehen, dass er zuhörte. Gleich nach dem Hauptgang hatte er sich entschuldigt und einen Sekretär gebeten, sie in sein Arbeitszimmer zu bringen. Seit er zurückgekommen war, schien er Clemens allerdings wieder mehr bei der Sache zu sein. Zumindest fragte er nach Details seines Gesprächs mit dem Kardinal und machte sich einige Notizen. Dann brachte er die Rede auf Max und sein Buch. „Eine Fülle der darin aufgestellten Behauptungen ist gänzlich unbewiesen", sagte er eben und noch während Clemens überlegte, wie er auf diese Aussage reagieren sollte – schließlich war er hier, um Leo um Hilfe zu bitten –, setzte der nach: „Hast du eine Ahnung, wer sein Informant ist?"

Clemens schüttelte bedauernd den Kopf und antwortete wahrheitsgemäß: „Das frage ich mich, seit er diese Kolumne schreibt."

„Welche Kolumne?"

„Na, Max schreibt doch seit Jahren eine wöchentliche Kolumne in der Samstagbeilage einer großen Tageszeitung. Allerdings unter dem Pseudonym Carlo Sordi."

„Seit Jahren sagst du?"

Clemens nickte.

„Warum unter einem Pseudonym?"

Clemens zuckte die Schultern. „Ich vermute, dass der italienische Name für mehr Glaubwürdigkeit sorgen soll."

„Und worüber schreibt er da so?"

Jetzt warf Clemens sich in die Brust, das Thema griff er gerne auf, denn Max schrieb in seinen Kolumnen vieles von dem, was auch ihm wichtig war. „Er schreibt, dass die Kirche Heil stiften soll, nicht Unheil. Er schreibt, dass er für eine Kirche eintrete, die Neurosen heilt, nicht verbreitet, und dass die Kirche für die Gläubigen der Fels in der Brandung sein soll, nicht der Stein des Anstoßes."

„Sehr schön", antwortete Leo, es klang allerdings eher genervt als beeindruckt. „Aber er greift uns hier ganz massiv an und ich frage mich, woher er seine Informationen hat."

„Das weiß ich leider auch nicht", musste Clemens zugeben. Doch die Sache schien Leo ziemlich zu interessieren, denn bevor sie sich verabschiedeten, sagte er: „Wie lange, sagst du, schreibt Max schon diese Kolumne?"

„Ganz genau kann ich das auch nicht sagen", antwortete Clemens, doch Ulrike warf dazwischen: „Sicher länger als zehn Jahre. Mein Vater hat sie immer mit großer Begeisterung gelesen, und der ist nun bald acht Jahren tot."

Darauf strahlte Leo sie richtiggehend an, drückte ihr die Hand und sagte: „Ich danke Ihnen!"

Das hatte richtig ehrlich geklungen.

***

Es gab Tage, da wäre es selbst für einen Papst besser, gar nicht erst aufzustehen, dachte Leo, während er Clemens und dessen Freundin verabschiedete. Dieser Tag war so einer.

Erst hatte ihm sein Aushilfssekretär die Nachricht überbracht, dass kein Geringerer als der Kardinal-Staatssekretär einen Anschlag auf sein Leben organisierte, und nun hatte Clemens ihm auch noch vor Augen geführt, wie dämlich er doch war. Klar war er froh, dass Erika nicht Max' Informantin sein KONNTE, doch jäh war ihm auch klar geworden, was er Erika da unterstellt hatte. Das durfte sie nie erfahren!

Allerdings war die Wahrscheinlichkeit, dass sie es je erfuhr, ohnehin gering, schließlich war sie seit Wochen in Wien und hatte sich kein einziges Mal gemeldet. Ob sie jemals wiederkam? Wartete vielleicht auch sie auf seinen Anruf? Was tat sie dort eigentlich? Herumsitzen und Trübsal blasen war nicht ihre Art. Führte sie ihr altes Leben fort? Aber was war ihr altes Leben? Hatte es da je einen Mann gegeben? Er hatte sie nie danach gefragt. Er hatte auch kein Recht, sie danach zu fragen. Obwohl, wenn er jetzt bedachte, interessiert hätte es ihn schon. Ob sie wieder an der Universität unterrichtete? Was war er doch für ein Idiot gewesen – Papst hin oder her. Er hätte sie längst anrufen müssen! Konnte er ihr sagen, dass sie ihm fehlte? Und was wäre, wenn sie wiederkäme?

Wie immer, wenn er keinen Rat wusste, machte er sich auf den Weg in die Kapelle. Lange kniete er auf seinem Betschemel und betete so inbrünstig wie schon lange nicht mehr, der Herr möge ihm einen Weg weisen. An anderen Tagen hatte er danach oft das Gefühl, als wäre genau das geschehen, doch heute schien sich der liebe Gott mit guten Ratschlägen zurückzuhalten. Er hätte so gerne mit jemandem geredet. Clemens würde ihn verstehen, aber natürlich konnte er sich gerade mit ihm nicht austauschen. Warum eigentlich nicht? Waren sie nicht beide Männer, die sich verpflichtet hatten, auf einen Teil ihres Menschseins zu verzichten, um ein Gott gefälliges Opfer zu bringen? Aber wozu? Wem nützte dieses Opfer? War je ein Mensch satter, gesünder oder glücklicher geworden, weil Erika und er auf körperliche Liebe verzichtet hatten?

Überraschungen

Clemens saß an seinem Schreitisch und war wie vom Donner gerührt. Der Papst hatte ihn angerufen. Das konnten nicht viele von sich behaupten, aber es war tatsächlich geschehen. Ja gut, sie waren alte Bekannte, aber bisher hatte Leo den Standesunterschied doch ziemlich zelebriert. Zugegeben, er hatte ihn in Rom empfangen, hatte mit ihnen gegessen und sich seine Seite der Geschichte angehört. Aber heute, das war ein ganz anderer Leo gewesen, ein ganz anderes Gespräch.

Rasch warf Clemens einen Blick auf seinen Terminkalender, um zu sehen, ob er noch einen Termin hatte, zum Glück war der Kalender leer. Erleichtert ging er zum Wandschrank und schenkte sich einen Schnaps ein – den doppelt gebrannten, für alle Fälle – und nahm einen Schluck. Mit dem Rest stellte er sich ans Fenster. Im Hof tobte eine Jungschargruppe über das Stück Rasen rund um die drei Kirschbäume. Was für ein herrliches Grün. Bald würde der erste Baum Früchte tragen. Schön rot waren sie ja, die Maikirschen, nur Geschmack hatten sie wenig. Die Jungscharkinder würden sich trotzdem darum reißen. Komisch, manche Dinge änderten sich scheinbar nie. Zum Glück, dachte Clemens, denn andere änderten sich umso schneller, allzu schnell, wie es ihm in letzter Zeit schien. Er nahm noch einen Schluck aus seinem Schnapsglas und prostete im Geist dem fernen Papst zu: Auf dich, alter Freund, hast's auch nicht leicht. Dann ging er langsam zu seinem Schreibtisch und suchte in seinem zerfledderten Telefonbuch nach Erikas Nummer.

***

Erika war gerade dabei, ihre Bibliothek neu zu ordnen, als ihr Telefon läutete. Sie beschloss daher, erstmal abzuwarten. Doch als sie die bekannte Stimme auf dem Anrufbeantworter hörte, verließ sie flugs die Haushaltsleiter, eilte zum Telefon und kam gerade noch zurecht, bevor

Clemens auflegen wollte. Etwas außer Atem sagte sie: „Hallo Clemens! Schön, dass du dich meldest. Seid ihr schon zurück? Sag, wie war's in Rom?"

„Romantisch", antwortete Clemens.

„Romantisch?"

„Sehr romantisch. Wir sind durch die engen Gassen geschlendert, haben in heimeligen Trattorien hervorragende Pasta gegessen, guten Wein getrunken ..."

„Ja, ja, ich kenne Rom. Aber wie war das Gespräch mit Leo?"

„Also, erst habe ich gedacht, unsere Reise war zwar schön, aber vom Zweck her eher sinnlos. Doch heute hat mich Leo angerufen und mir mitgeteilt, dass er ein langes Gespräch mit dem Kardinal geführt hat und dass ich meinen Job behalten kann."

„Gratuliere! Wie hat Leo das dem Kardinal gegenüber begründet?"

„Keine Ahnung, danach habe ich gar nicht gefragt."

„Interessiert es dich denn nicht?"

„Also, jetzt, wo du danach fragst, wüsst' ich's schon gerne, aber als Leo mich anrief, war ich einfach nur heilfroh. Und dann haben wir noch geplaudert, da habe ich einfach vergessen zu fragen."

„Ihr habt am Telefon geplaudert? Bist du auch sicher, dass du mit Leo gesprochen hast? Der war am Telefon schon kurz angebunden, als er noch Student war."

„Ich weiß", lachte Clemens. „Aber diesmal hatten wir halt ein Thema, das ihn interessiert hat."

„Das muss ja ein besonders spannendes Thema gewesen sein. Darf ich fragen, worüber ihr euch unterhalten habt?"

„Wir haben über Frauen gesprochen."

„Über Frauen der Bibel oder über die Diskriminierung der Frauen in der Kirche?"

„Eher mehr über Frauen im Dienst der Kirche, von Pfarrsekretärinnen bis zu Theologieprofessorinnen. Wir haben nämlich festgestellt, dass es da durchaus Gemeinsamkeiten geben kann."

„So wie zwischen Dechanten und Päpsten?"

„So in der Art."

„Und zu welchem Ergebnis seid ihr gekommen? Worin bestehen etwaige Gemeinsamkeiten?"

„Sie rauben uns den wohlverdienten Schlaf."

Erikas Herz tat einen unvermuteten Sprung, bevor es in erhöhter Frequenz, aber doch regelmäßig weiterschlug. Mit leichter Ironie antwortete sie: „Die bösen aber auch. Dafür werden sie vermutlich in der Hölle schmoren."

„Über derart weit in der Zukunft liegende Konsequenzen haben wir uns weniger Gedanken gemacht, wir haben uns mehr mit den gegenwärtigen Problemen auseinandergesetzt."

„Ach, machen die Weiber schon wieder Probleme?"

„Könnte man so sagen", antwortete Clemens lachend, ehe er ihr erzählte, wie schön das Leben für ihn gerade war und wie glücklich er sich fühlte, seit er die Dinge endlich beim Namen genannt hatte. Noch während er sprach, läutete Erikas Handy. Erika erkannte die Nummer der Universität. Kaum hatte sie das Gespräch mit Clemens beendet, rief sie zurück, um zu erfahren, dass ein Kollege wegen einer Operation im Juni ausfallen werde. Selbstverständlich würde sie seine Vorlesungen übernehmen, antwortete sie freudig.

Was für ein Tag! Noch gestern war ihr das Leben grau und düster erschienen. Jetzt hatte sie bald wieder Arbeit und zwischendurch konnte sie mit einem besseren Gefühl an Rom zurückdenken.

Ob sie Rinaldo anrufen sollte? Besser, sie schrieb ihm eine Mail. Aber was sollte sie schreiben? Sie wusste zwar jetzt, dass ihr Abgang Leo nicht ganz egal war, aber sie konnte sich immer noch nicht erklären, warum er sie dann weggeschickt hatte.

Erstmal ging sie in die Küche, um sich eine Tasse Kaffee zu kochen, gemeinsam mit dem letzten Stück Guglhupf gab das schon fast so etwas wie ein Mittagessen.

Als sie sich danach an ihren PC setzte und gewohnheitsgemäß erst ihre Mails checkte, fand sie eine Mail von Roberto. Er schrieb:

Liebe Erika,
wäre es Ihnen möglich, in den nächsten Tag nach Argentario, ins Kloster der Armen Schwestern zu kommen? Es wäre wirklich sehr wichtig. Angela erwartet sie. ...

Es folgten Mailadressen und Telefonnummern, unter denen Schwester Angela erreichbar war.

Tage der Erkenntnis

Da Erika bis zum Beginn ihrer Vertretung noch knapp zwei Wochen Zeit hatte, zögerte sie nicht lange, buchte einen Flug nach Rom und bestellte auch gleich einen Leihwagen. Vom Flughafen waren es laut Internet nur 140 km, das war zu schaffen.

Zwei Tage später brachte ihr Nachbar sie zum Flughafen.

„Was genau machst du in diesem Kloster?", fragte er.

„Das weiß ich ehrlich gesagt selbst noch nicht genau, aber ich bin mit Sicherheit am ersten Juni zurück, weil ich ab zweiten Vorlesungen habe", war alles, was sie ihm sagen konnte.

Sie hatte nicht den Eindruck, dass er ihr glaubte, aber es war tatsächlich so. Sie konnte sich einfach keinen Reim auf diese Einladung machen – wenn es denn eine war. Immerhin kannte sie den Monsignore gut genug, um zu wissen, dass er sie nicht gebeten hätte zu kommen, wäre es nicht wichtig. Sollte es sich dennoch als unwichtig herausstellen, verbrachte sie eben ein paar Frühlingstage in der Toskana. Es gab wirklich Schlimmeres.

Der Flug war unruhig, sie mussten mehrere Gewitterzellen umfliegen, der Flughafen war wie immer gerammelt voll und es dauerte ein kleine Ewigkeit, bis sie ihr Gepäck beisammen hatte. Als Sahnehäubchen fand sich dann der Leihwagen nicht, weil ein Mitarbeiter ihn falsch geparkt hatte, Navi hatte er auch keines, aber das war Erika nun auch schon egal, sie hatte eine Straßenkarte dabei.

Da sie die Landstraßen der Autobahn vorgezogen hatte, war es schon fast acht Uhr abends, als sie endlich das Kloster erreichte. Dort hatte man die Hoffnung, dass sie heute tatsächlich noch kommen sollte, schon fast aufgegeben, erklärte Schwester Angela lachend und fiel ihr um den Hals als wären sie alten Freundinnen.

„Aber warum haben Sie mich denn nicht angerufen?", fragte Erika.

„Das haben wir ja", aber da war ständig nur die Mailbox.

„Klar", sagte Erika nach einem Blick auf ihr Handy, „ich dumme Gans habe vergessen, es nach dem Flug wieder einzuschalten."

„Hauptsache, Sie sind jetzt da!", antwortete Angela lachend und führte sie ins Besucherzimmer, wo ein kalter Imbiss für sie vorbereitet war.

*

Während Erika sich Schafkäse, Oliven und Finocchiona, eine mit Fenchel angereicherte Dauerwurst, schmecken ließ, plauderten sie über dies und das, aber als sie ihr Mahl beendet hatte, sagte sie: „Ich freue mich, hier zu sein, weiß aber immer noch nicht genau wozu."

„Das ist eine längere Geschichte", entgegnete Angela. „Alles begann damit, dass man Roberto zum Stellvertretenden Direktor der Bank gemacht hat."

„Aber das ist doch verrückt, von diesen Dingen hat er doch nicht die geringste Ahnung!"

„Genau das würde ihn dafür prädestinieren, meinte Seine Heiligkeit." Als Erika sie verständnislos anstarrte, fuhr sie fort: „Präsident Dall' Oglio wird Ihnen das alles gleich selbst erklären. Die Herren erwarten uns bereits."

„Ist Roberto denn auch hier?"

„Leider nicht, der muss ja in der Bank die Stellung halten. Aber glauben Sie mir, es wäre mir bedeutend lieber, wenn er ebenfalls bei uns Zuflucht gefunden hätte", antwortete Schwester Angela und öffnete Erika die Tür.

„Zuflucht? Ich verstehe immer nur Bahnhof."

Angela lächelte nur und sagte: „Bitte, folgen Sie mir."

Sie gingen erst über einen langen Gang, dann über eine gewendelte Treppe in den ersten Stock. Vor einer der vielen weiß gestrichenen Türen blieb Angela stehen und klopfte dreimal. Es dauerte nicht lange und ein Mann öffnete die Tür, den Erika als einen von Leos Bodyguards erkannte, hinter ihm kam Präsident Dall' Oglio zum Vorschein und dahinter – Seine Heiligkeit, Papst Leo XV.

*

Einige Minuten später sagte Erika: „Ich fasse zusammen: Der Papst und der Präsident der Vatikanbank verstecken sich in einem Kloster, weil sie im Vatikan um ihr Leben fürchten müssen, während in Rom der arme Roberto auf einem Chefsessel sitzt, der einige Nummern zu groß für ihn ist, damit Kardinal Calvi hinter seinem Rücken Geschäfte machen kann. Mit Verlaub, diesen Teil der Geschichte habe ich noch nicht ganz verstanden."

Leo, der hier eine schlichte schwarze Soutane trug, war aufgestanden und ans Fenster getreten.

Dall' Oglio antwortete: „Wie Sie vielleicht wissen, war Calvi einmal Prälat der Bank."

„Weiß ich, aber das ist doch schon eine ganze Weile her."

Dall' Oglio nickte und fuhr fort: „Was Sie möglicherweise nicht wissen ist, dass man in dieser Zeit mehrfach gegen ihn ermittelt hat. Einmal wurde ihm auch der Pass entzogen, aber es ist stets alles im Sande verlaufen. Später wurde er aufgrund eines internen Berichtes wegen unlauterer Machenschaften abgesetzt. Von da an steuerte er die Bank sozusagen von außen – über seine Mittelsmänner."

Erika nickte. „Aber wenn Calvi schon als Prälat im Verdacht stand, krumme Geschäfte gemacht zu haben, wie konnte er später Bischof und dann auch noch Kardinal werden?"

Diesmal drehte Leo sich langsam um und sagte: „Wir vermuten zwar, dass Calvi und seine Freunde auch in die eigene Tasche gewirtschaftet haben, dennoch dürfte immer wieder genug für die Päpstliche Schatulle übrig geblieben sein. Es wurden auch tatsächlich caritative Vereine unterstützt, bedauerlicherweise jedoch nur mit einem Bruchteil des Geldes. Außerdem wollte mein Vorgänger keinen Skandal auslösen. Wer will das schon? Also hat er ihn zum Kardinal gemacht. Im Gegenzug hat er ihn allerdings einiger Ämter enthoben. Aber das hat scheinbar wenig genützt, denn Calvi hatte jede Menge Verbindungen und Gesinnungsgenossen, das haben wohl alle unterschätzt."

In der Zwischenzeit war es dunkel geworden, Angela hatte einige Kerzen angezündet, die dem Raum etwas Gespenstisches gaben – vielleicht war es auch nur die Stimmung, die hier herrschte. Erika nahm dankbar das Glas Rotwein entgegen, das der Präsident ihr reichte. Nachdem sie einen Schluck getrunken hatte, fragte sie: „Aber wenn das alles schon bekannt ist, warum lässt man Roberto dann zusehen, wie Calvi weiter krumme Geschäfte macht?"

„Einerseits", antwortete der Präsident, „wollen wir beweisen, dass er auch hinter jenen Geschäften steckt, die unter dem Decknamen ‚Pinot' getätigt wurden. Wenn das stimmt, wovon wir ausgehen, dann stünden in Kürze noch einige weitere Fälle vor der Aufklärung. Im Übrigen verdanken wir der Mutter Oberin", er nickte Angela zu, „nicht nur diesen Zufluchtsort, sondern auch einen erheblichen Erkenntnisgewinn."

Jetzt meldete sich auch Schwester Angela zu Wort, die sich, ganz gegen ihre sonstigen Gewohnheiten, bisher im Hintergrund gehalten hatte. „Sie erinnern sich an diese unzähligen Rechnungen der Firma Orlandi, von denen ich vermutete, dass ihnen keinerlei Leistungen gegenüberstehen?"

Erika nickte.

„Diese Baufirma dürfte Kardinal Calvi ebenfalls nahe stehen, und sie scheint nicht nur in unserem Falle mehr Energie für das Schreiben von Rechnungen als für die tatsächlichen Arbeiten aufgewendet zu haben."

Erika drehte sich bereits der Kopf. Für heute hatte sie wirklich genug erlebt. Sie erhob sich langsam und sagte: „Sorry, aber das muss ich alles erst verdauen. Ich würde jetzt gerne zu Bett gehen. Es war ein anstrengender Tag."

Schwester Angela begleitete sie. Während sie durch die trostlosen Gänge wandelten, sagte Erika: „Das war alles hoch interessant, aber im Grunde weiß ich jetzt immer noch nicht, warum der Monsignore mich gebeten hat, hierher zu kommen."

„Seine Heiligkeit hat ihn darum gebeten", antwortete Angela.

***

Leo hatte Erika während der ganzen Zeit beobachtet. Das graue Haar, das sie seit neuestem kürzer trug, ihr freundliches Gesicht und diese

Augen, die ihn noch nie belogen hatten – davon war er in der Zwischenzeit überzeugt. Wie hatte er ihr nur unterstellen können, derart vertrauliche Informationen zu verraten? Trotzdem hatte er beschlossen, ihr von seinem bösen Verdacht zu erzählen. Wenn sie ihm verzeihen konnte, dann war alles gut, wenn nicht, hatte er es nicht anders verdient.

Gleich morgen früh würde er mit ihr sprechen. Vielleicht konnte er sie dazu überreden, mit ihm einen Spaziergang durch die Weinberge zu machen. Heute Nacht würde er beten, er schlief in letzter Zeit ohnehin schlecht. Er würde darum beten, dass sie ihm verzieh, und er würde darum beten, dass es gelänge, die Kirche wieder zu dem zu machen, was sie sein sollte: eine moralische Instanz. Doch dafür brauchte es eine sehr tiefgreifende Verwaltungsreform, um die Macht einzelner zu beschneiden. Ob er die Kraft hatte, das durchzusetzen? Er wusste es nicht. Aber hatte er überhaupt eine Wahl? Schon dass sein Vorgänger aus Altersgründen zurückgetreten war, war in Theologenkreisen höchst kontrovers diskutiert worden. Er selbst hatte es damals nicht verstehen können. Heute sah er die Sache anders, ganz anders. Welche Gründe könnte er ins Treffen führen? Mit Mitte sechzig galt er im Vatikan geradezu als jung. Außerdem lebte er nun schon ein Vierteljahrhundert hinter den Leonischen Mauern und wusste, welche Seilschaften es gab. Aber genau das war sein Problem, denn sollte er – aus welchem Grund auch immer – zurücktreten und es zu einem neuerlichen Konklave kommen, war dessen Ausgang vollkommen ungewiss. In der Weltkirche mochte es viele Stimmen geben, die Veränderungen forderten, im Vatikan aber wehte ein anderer Wind. Wer würde obsiegen? Benetti? Konnte er die Kirche den Benettis und Calvis überlassen?

Vatikanische Machenschaften, die Zehnte

„Ich habe es wirklich versucht, aber vor seinem Krankenzimmer sitzen zwei äußerst wachsame Polizisten. Es war gänzlich unmöglich, an ihnen vorbeizukommen.“

„Ja Himmel, Herrgott“, donnerte Massimo und hieb mit der Hand auf den Tisch, dass die Kaffeetassen aus kostbarem Porzellan nur so schepperten, „dann schick deinen Schwager hin, dem wird vermutlich etwas mehr einfallen.“

„Warten wir doch ab“, meldete sich der Dritte. „Leo hatte einen schweren Schlaganfall. Vielleicht hat der Herr ein Einsehen.“

Eine Weile herrschte dumpfes Schweigen, dann sinnierte Massimo: „Schlaganfall? Eigentlich kaum vorstellbar bei Leos Lebenswandel. Er hat nicht geraucht, kaum etwas getrunken und wenn er nicht gerade über Verdauungsprobleme klagte, schien er doch ziemlich gesund. Wer war dabei, als er zusammengebrochen ist?“

„Nur Rossi und eine der Schwestern, es passierte während des Mittagessens.“

Massimo massierte sein massiges Kinn, ehe er sagte: „Die Sache stinkt. Ich werde mich selbst darum kümmern.“

„Du wirst uns mit deiner Ungeduld noch alle in Teufels Küche bringen! Wenn mein Schwager sagt, es geht im Moment nicht, dann hat das einen Grund, so glaub mir doch.“

„Feigling“, war alles, was Massimo antwortete.

Ein verhängnisvoller Irrtum

Erika hatte lange nicht einschlafen können und sich bis zum frühen Morgen im Bett hin und her gewälzt. Doch dann hatte sie so tief und fest geschlafen, dass sie den Wecker überhört hatte, und als sie endlich aufwachte, war es bereits acht Uhr. Die Morgenmesse hatte sie also versäumt, das gemeinsame Frühstück auch, jetzt war keine Eile mehr nötig. So beschloss sie, erst einmal ausgiebig zu duschen und den Koffer auszupacken, bevor sie in ein leichtes Sommerkleid schlüpfte, weil es draußen heiß zu werden versprach, sich eine dünne Jacke umhängte, weil es in dem alten Gemäuer immer noch recht frisch war, und sich auf die Suche nach einem menschlichen Wesen machte, das ihr zumindest eine Tasse Kaffee brachte. Sie konnte ja auf vieles verzichten, nur nicht auf ihren Morgenkaffee.

Als sie in den Speisesaal kam, sah sie, dass ein Platz mit Frühstücksgedeck und einer Thermoskanne auf sie wartete. Erst als sie sich setzte, bemerkte sie Leo, der mit einer Zeitung etwas abseits saß.

„Hast du gut geschlafen?", fragte er.

„Wie man's nimmt. Erst konnte ich ewig nicht einschlafen, kein Wunder, nach einem Tag wie dem gestrigen, aber dann habe ich sogar den Wecker überhört. Als ich so lange wach lag, habe ich mich gefragt, wer eigentlich davon weiß, dass du hier bist?"

„Nur Rinaldo und Kardinal Rossi. Rossi ist seit Langem über alles informiert, genau genommen hat er ganz entscheidend zu den Ermittlungen beigetragen.

„Und wer hat sich dieses Spektakel ausgedacht?"

„Der Kommandant unserer Gendarmerie in Zusammenarbeit mit einem Kommissar der italienischen Polizei, die im Übrigen auch mein Krankenzimmer bewacht."

„Ein leeres Krankenzimmer", stellte Erika fest und goss sich Kaffee ein.

„Nicht ganz, ein Polizist mimt den Kranken und alle Welt betet für meine Genesung." Er war zu ihr getreten und legte mehrere Zeitungen auf den Tisch, denen zu entnehmen war, dass der Heilige Vater, wie erst jetzt bekannt wurde, vor zwei Tagen einen Schwächeanfall erlitten hätte. Sein Zustand sei ernst, aber stabil. Das nächste ärztliche Bulletin wurde für heute Mittag erwartet. Erika wollte gerade fragen, wie lange man dieses Schauspiel noch aufrechterhalten könne, als Schwester Angela ins Zimmer stürmte. „Luigi hat angerufen, Kardinal Calvi wurde soeben verhaftet." Erika warf einen Blick auf Leo, der schien allerdings nicht besonders überrascht zu sein.

*

Weitere Nachrichten über die Vorkommnisse im Vatikan tröpfelten nur spärlich ins Kloster. Was sie erfuhren, wussten sie von Luigi, der allerdings keine Ahnung hatte, welch hohen Besuch seine Schwester im Kloster beherbergte. Dabei sollte es aus Sicherheitsgründen vorerst auch bleiben.

Erst gegen Abend kamen zwei Kommissare aus Rom, um mit Dall' Oglio und dem Heiligen Vater zu reden. Das Gespräch fand im Besucherzimmer statt und stellte Erika auf eine harte Geduldsprobe. Um sich die Wartezeit zu vertreiben, hatte sie sich mit einem Buch auf eine Bank gesetzt, von der aus sie den Klostereingang im Auge hatte. Viel gelesen hatte sie noch nicht, als sich die Mutter Oberin, die den ganzen Tag im Spital verbracht hatte, zu ihr gesellte.

„Müde?", fragte Erika.

„Dazu bin ich viel zu aufgeregt! Gibt es schon Neuigkeiten?"

„Leider nicht. Vor über zwei Stunden sind zwei Kommissare aus Rom gekommen – die Unterredung dauert noch an."

Eine Zeitlang lauschten sie dem Zirpen der Grillen, dann sagte Angela: „Komisch, ich habe mir den Heiligen Vater immer ganz anders vorgestellt."

„Und wie?"

„Ich weiß nicht, irgendwie ... furchterregender. Roberto schilderte ihn immer ein wenig als Despoten, obwohl er dieses Wort niemals in den Mund genommen hätte."

„Ganz unrecht hat Roberto nicht. Leo kann schon auch despotisch sein. Sie erleben ihn hier in einer außergewöhnlichen Situation. Außerdem gehe ich davon aus, dass Sie weniger rasch zu beeindrucken sind als unser Monsignore."

„Roberto ist zwar ganz unbestritten ein sehr einfühlsamer Mensch, aber doch nicht über die Maßen schreckhaft!", setzte Angela zu seiner Verteidigung an.

Erika legte ihre Hand begütigend auf Angelas Arm und sagte mit einem leisen Lächeln: „Sie mögen ihn wohl sehr."

„Ja, schon, aber nicht, dass Sie denken …"

„Ich denke gar nichts, meine Liebe, aber ich kann Sie sehr gut verstehen."

Dann schwiegen beide. Es war ein einvernehmliches Schweigen, wie es nur zwischen Menschen herrschen kann, die einander verstehen. Langsam tröpfelte die Zeit dahin. Es dämmerte schon, als die Herren von der Kripo endlich abfuhren. Leo und der Präsident hatten sie zu ihrem Auto begleitet, dann – endlich – setzten sich die beiden zu ihnen und erzählten, was sie erfahren hatten.

*

„Ich habe Calvi ja einiges zugetraut, aber Mordversuch denn doch nicht", beendete Leo seinen Bericht. Die Erschütterung war ihm anzusehen. Kein Wunder, dachte Erika. Wie musste man sich fühlen, wenn man erfuhr, dass ein Mensch, den man seit Jahren kannte und dem man Tag für Tag begegnet war, einem nach dem Leben trachtete? Noch dazu, wenn es sich dabei um einen der höchsten Würdenträger handelte, jemand, der eigentlich von Berufs wegen edel und gut sein sollte – oder zumindest gesetzestreu.

Calvi hatte sich resolut Zutritt zum Krankenzimmer verschafft und die anwesende Krankenschwester unwirsch aufgefordert, sie mit dem Heiligen Vater allein zu lassen. Er wolle ihm die Krankensalbung geben, das sei so zwischen ihnen abgesprochen. Kaum hatte die Schwester das Zimmer verlassen, hatte der Kardinal sich an den Geräten zu schaffen gemacht. Hätte er sich wenigstens die Mühe gemacht, einen Blick auf den vermeintlich Kranken zu werfen, hätte er seinen Irrtum möglicherweise erkannt. Diese Mischung aus Ungeduld und Überheblichkeit war zwar typisch für ihn, dennoch hätte Erika ihm diese Hinterhältigkeit nicht zugetraut. Dann schon eher dem Kardinal-Staatssekretär, dessen Lächeln ihr schon immer verkniffen und falsch erschienen war, aber Benettis Rolle war immer noch unklar. Luigi schwor zwar jeden Eid, dass es die sanfte Stimme des Kardinal-Staatssekretärs gewesen sei, die dem Unbekannten genaue Hinweise über Leos Spaziergänge in den Vatikanischen Gärten gegeben hatte, er würde sie unter tausenden erkennen, aber Benetti leugnete vehement, natürlich unter Hinweis auf sein Amt, seine Stellung und seine Immunität.

Obwohl der Abend angenehm mild war, fröstelte Erika bei der Vorstellung, was alles hätte passieren können. Leo saß immer noch reglos da. Sie hätte ihn jetzt so gerne in den Arm genommen, aber das ging natürlich nicht. Um ihm zumindest etwas näher zu sein, stand sie auf, ging ein paar Schritte auf und ab und blieb hinter ihm stehen.

„Dann ist die Gefahr jetzt gebannt?", fragte Angela. „Wann werden Eure Heiligkeit in den Vatikan zurückkehren?"

Als Leo nicht reagierte, antwortete Dall' Oglio an seiner Stelle: „Ganz so schnell werden Sie uns nicht los, ehrwürdige Mutter. Bevor nicht klar ist, wer sonst noch an dieser Verschwörung beteiligt war, hat man uns dringend von einer Rückkehr abgeraten. Wenn inzwischen auch allen Beteiligten klar sein dürfte, dass Seine Heiligkeit sich irgendwo versteckt hält, und wir damit rechnen müssen, dass die Nachricht sehr bald durchsickern wird. Sicher wird sich die Presse in den nächsten Stunden darauf stürzen."

Eine Weile herrschte Schweigen, dann fragte Schwester Angela: „Was wird jetzt aus Monsignore Rinaldo?"

Erika konnte Angelas Sorge gut verstehen, sie hatte auch eben an Roberto gedacht.

„Der wird wohl noch ein Weilchen auf meinem Chefsessel ausharren müssen", antwortete Dall' Oglio.

Erika sah die Sorge in Angelas Augen und fragte: „Ist das nicht gefährlich?"

„Wir gehen davon aus, dass bisher niemand Verdacht geschöpft hat. Alle scheinen der Ansicht zu sein, dass der Heilige Vater einfach einen unfähigen Vertreter entsandt hat. Immerhin können wir in der Zwischenzeit mit Sicherheit davon ausgehen, dass Calvi hinter dem Decknamen Pinot steckte. Damit kann ein großer Teil der Fälle geklärt werden."

Ein neuer Anfang

Eine Woche später saß Leo wieder an seinem Schreibtisch und dachte nach. Bisher hatte er offiziell weder zu den Vorfällen im Vatikan noch zu den Ermittlungsergebnissen in der Bank Stellung genommen. Es war höchste Zeit, an die Öffentlichkeit zu treten, aber es gab so vieles zu bedenken.

Was konnte man öffentlich bekennen, ohne die Glaubwürdigkeit der Kirche nachhaltig zu schädigen, was musste geheim bleiben? Was sollte mit Benetti geschehen? Wen würde er zum neuen Kardinal-Staatssekretär berufen? Zu dumm, dass Rossi abgelehnt hatte.

Kardinal Calvi war tot. Er hatte sich der gerichtlichen Untersuchung durch Selbstmord entzogen. Offensichtlich hatte er die Kapsel mit der tödlichen Mischung bei sich getragen. Ob sie für Leo bestimmt gewesen war, blieb unklar.

Fuscotti war seit jenem Tag unauffindbar, nur Benetti war immer noch in Amt und Würde. Außer Luigis Aussage fanden sich keinerlei Beweise für seine Schuld, dennoch war Leo ganz sicher, dass Benetti ihm ebenso nach dem Leben getrachtet hatte wie Calvi. Jedermann wusste, dass die beiden eng befreundet gewesen waren. Fuscottis Verschwinden sprach auch eine deutliche Sprache. Hätte Leo noch eines weiteren Beweises bedurft, so hatte Rossi ihm diesen gleich nach seiner Rückkehr aus dem Kloster geliefert. Rossi war aufgrund der Vorfälle ganz sicher, in Benetti jenen Purpurträger zu erkennen, der auch am Tode des 33-Tage-Papstes beteiligt war. Zumindest hatte Benetti, so erzählte Rossi, dazu beigetragen, sämtliche Spuren so gründlich zu verwischen, dass spätere Untersuchungen unmöglich gemacht worden waren.

Das also war seine Kirche, das war die Kirche, der er vorstand. Das waren die Menschen, die ihr Leben in den Dienst Gottes gestellt hatten. Was war aus ihnen geworden? Was hatte diese Kirche, der er sich sein Leben lang verbunden gefühlt hatte, aus ihnen gemacht? Was hatte sie aus ihm gemacht? Aus ihm und Erika? Was würde sie eines Tages aus Rinaldo machen? Was aus der couragierten Mutter Oberin?

Apropos, er würde diesen Luigi zu seinem Sekretär machen, nachdem Monsignore Goldoni als einer von Calvis Helfern entlarvt worden war. Außerdem wollte er heute Abend Erika anrufen. Einfach nur so. Mal fragen, wie es ihr an ihrem ersten Vorlesungstag ergangen war. Er hoffte immer noch, dass sie gleich nach Beginn der Ferien in den Vatikan zurückkehren und die Reformkommission weiterführen würde. Er konnte nicht sagen warum, aber mit Erika an seiner Seite hatte er einfach mehr Kraft. Am letzten Abend im Kloster hatte er ihr gestanden, dass er den Verdacht gehegt hatte, sie könnte Max Informationen zugespielt haben. Erst hatte sie nur gelacht, aber dann war sie doch sehr nachdenklich geworden. Er hoffte inständig, sie würde ihm verzeihen – sicher war er nicht.

Energisches Klopfen ließ ihn erschrocken zusammenfahren.

„Herein!"

Kardinal Rossi kam, wie immer mit wehendem Haar und energischen Schritten, auf ihn zu.

„Ich habe nachgedacht, Leo. Wenn du mich immer noch als Kardinal-Staatssekretär haben willst, ich mach's, interimistisch, sagen wir auf ein, vielleicht auf zwei Jahre."

Leo fiel ein Stein vom Herzen, am liebsten wäre er aufgesprungen und Rossi um den Hals gefallen. Stattdessen fragte er: „Bist du sicher?"

„Ganz sicher!"

Leo nickte. „Dann nimm bitte Platz und hilf mir. Was soll mit Benetti geschehen? Was sagen wir der Öffentlichkeit? Wer soll neuer Präfekt des Päpstlichen Haushaltes werden?"

Rossi lächelte. „Ganz einfach: Benetti schicken wir in die Wüste, der Öffentlichkeit sagen wir die Wahrheit und Rinaldo machen wir zum Präfekten des Päpstlichen Haushaltes. Nach der Scharade, die er in der Bank gespielt hat, hat er eine Belohnung verdient."

*

Es war schon fast Mitternacht, als Leo in sein Bett sank. Himmel, was war er müde, aber auch glücklich. So froh und voller Zuversicht war er schon lange nicht gewesen. In den letzten Tagen hatte sich aber auch allerhand ereignet.

Die Verhandlung gegen Dall' Oglio hatte mit einem Freispruch geendet, nicht zuletzt, weil die Klägerin nicht erschienen war. Die Journalistin Christine Franco, die Rossi als Fuscottis Schwester enttarnt hatte, schien ebenso vom Erdboden verschluckt zu sein wie ihr erzbischöflicher Bruder.

Endlich konnte Dall' Oglio die Geschicke der Bank auch offiziell wieder in die Hand nehmen. Gut möglich, dass sie noch auf weitere krumme Geschäfte der Vergangenheit stoßen würden, aber zumindest würde er darauf achten, dass keine neuen gemacht wurden.

Benetti war bereits abgereist. Rossi hatte ihn solange mit alten und neuen Vorwürfen konfrontiert, bis er einwilligte, sich in ein Kloster in seiner alten Heimat zurückzuziehen.

Gestern hatten sie eine Pressekonferenz einberufen, um über die personellen Veränderungen zu berichten. Anders als früher hatten sie nicht nur alle Fragen zugelassen, sondern auch beantwortet. Das war nicht einfach gewesen und er hatte in der vergangenen Nacht kaum geschlafen, denn er hatte einen Sturm der Entrüstung erwartet, aber das Gegenteil war der Fall gewesen. Die Presse hatte sich überwiegend positiv zum neuen Stil geäußert. Natürlich hatte es auch negative Reaktionen gegeben, aber damit hatten sie ja gerechnet, hatten sie rechnen müssen, nach allem, was passiert war. Mag sein, dass auch Rossis Plan, die Journalisten am Ende mit einer echten Neuigkeit zu versorgen, der Sache gutgetan hatte. Am Ende der Pressekonferenz hatten sie nämlich mitgeteilt, dass im kommenden Jahr das dritte Vatikanische Konzil stattfinden sollte. Das war dann heute die eigentliche Headline gewesen.

Aber das aller-, allerbeste war, dass Erika ihm heute Abend zugesagt hatte, die Leitung der Reformkommission wieder zu übernehmen und ihm auch bei den eigentlichen Vorbereitungen auf das Konzil zur Hand zu gehen.

„Lass uns für eine neue Generation kämpfen", hatte sie gesagt.

Eine solche Frau musste Gott dem Herrn doch willkommen sein, selbst wenn sie an der Seite des Papstes durch die Vatikanischen Gärten spazierte.

Und eines Tages, wer weiß …

ENDE

Was wahr ist...

Wir alle wissen, dass der derzeitige Papst nicht Leo XV heißt, und er kommt auch nicht aus dem Waldviertel. Dieser Papst ist ebenso frei erfunden wie seine Verwandtschaft, seine Freunde, sämtliche Kardinäle und sonstiges Personal.

Wahr ist hingegen, dass der Vatikan über eine Bank (IOR) verfügt, die in den letzten Jahrzehnten nicht durch besonders sorgfältige Prüfung ihrer Geschäfte und Geschäftspartner aufgefallen ist.

Wahr ist auch, dass es die Position eines Prälaten der IOR gegeben hat, wenn auch – wie bereits erwähnt – die dort handelnden Personen völlig frei erfunden sind.

Wahr ist, dass der Tod des 33-Tage-Papstes, Johannes Paul I, schon damals Anlass zu mancherlei Spekulationen gegeben hat. Wer an dieser Sache interessiert ist, dem sei die Lektüre des Buches „Im Namen Gottes" von David A. Yallop empfohlen.

Wahr ist auch, dass der Vatikan einer Obduktion Johannes Paul I nicht zugestimmt hat – allerdings sei dies – angeblich – in Übereinstimmung mit seiner Familie entschieden worden.

Wer meint, dass ich in Sachen Lügen und Intrigen im Vatikan zu dick aufgetragen habe, dem sei die Lektüre des Buches „Die Vatikan AG" von Gianluigi Nuzzi empfohlen.

Ein herzliches Danke-schön ...

an alle Leser.
Wenn es gefallen hat, würde ich mich über eine kurze Rezension bei Amazon sehr freuen. Sind Fragen oder Wünsche offen geblieben, so können Sie mir diese gerne über das Kontaktformular meiner Website mitteilen.

Ein weiteres Danke-schön

gebührt meinen Testlesern und allen, die am Zustandekommen des Buches beteiligt waren.
Der Reihe nach:
Der erste, den ich mit meinen Ideen in den Ohren liege ist mein lieber Mann Manfred, ihm obliegt es später auch Logikfehler etc. aufzuspüren.
Das vorläufig fertige Manuskript geht dann an meine Testleser.
Im vorliegenden Fall ein herzliches Danke an Angela, Steffi und ganz besonders an Eva – die mich auch für allfällige Lesungen fit macht.
Sobald deren Anregungen eingearbeitet sind, geht der Text an das Korrektorat, diesfall zu Maja Kunze, nach Berlin, dann weiter an die Alster, zu Melanie Jungierek, die den Text in Form bringt, in die E-Book-Formate konvertiert und mich auch sonst stets unterstützt, wenn meine Computer-Kenntnisse wieder einmal nicht ausreichen.

Ich hoffe, Sie alle bleiben mir gewogen, denn der nächste Roman ist schon im Werden.
Auf bald!

Die andere Schwester des Papstes

Anlässlich der Amtseinführung von Papst Leo XV. berichtet die Presse ausführlich über seine Schwester Maria, einer Klosterschwester. Doch dann entdeckt ein findiger Journalist, dass der Pontifex noch eine Schwester hat: Katharina. Aber die passt nicht ins päpstliche Bild, denn sie hat eine uneheliche Tochter, ist geschieden, glücklich wiederverheiratet und unterstützt auch noch die Reforminitiative!

Dennoch bewegt dieser Zeitungsartikel den Pontifex dazu, sich anlässlich eines offiziellen Heimatbesuches mit Katharina zu treffen. Damit nicht genug. Eine ziemlich unpassende Krankheit zwingt ihn, ihre Dienste als Ärztin in Anspruch zu nehmen. So kehrt der Papst inkognito in das Haus seiner Schwester zurück und höchst unterschiedliche Standpunkte prallen aufeinander. Doch auch noch andere Überraschungen warten auf seine Heiligkeit. Er muss sich nicht nur mit der Tatsache auseinandersetzen, dass Florian, der ebenso gebildete, wie liebenswürdige Stiefsohn von Katharina, homosexuell ist, auch seine Freunde aus Jugendtagen haben erstaunliche Ansichten. Warum kämpft sein ehemaliger Freund Clemens bei den Kirchenreformern und warum steht auch seine ehemalige Jugendfreundin Erika auf Seite der Reformer?

Längst vergessene Gedanken und Gefühle kommen in ihm hoch. Ist Rom wirklich so weit weg von der Wirklichkeit - und was ist die Wirklichkeit?